U0588257

一起长大的约定

约定

沈依陶 陶妈 陶爸

著

百花洲文艺出版社
BAIHUAZHOU LITERATURE AND ART PRESS

图书在版编目（CIP）数据

一起长大的约定 / 沈依陶，陶妈，陶爸著. — 南昌：
百花洲文艺出版社，2019.4
ISBN 978-7-5500-3216-3

Ⅰ．①一… Ⅱ．①沈… ②陶… ③陶… Ⅲ．①散文集
—中国—当代 Ⅳ．① I267

中国版本图书馆 CIP 数据核字 (2019) 第 054087 号

一起长大的约定
YIQI ZHANGDA DE YUEDING

沈依陶　陶妈　陶爸　著

策划编辑　刘凤至
责任编辑　袁　蓉
装帧设计　仙境设计室
出版发行　百花洲文艺出版社
社　　址　南昌市红谷滩新区世贸路 898 号博能中心一期 A 座 20 楼
邮　　编　330038
经　　销　全国新华书店
印　　刷　大厂回族自治县德诚印务有限公司
开　　本　880mm×1230mm 1/32
印　　张　7.25
版　　次　2019 年 5 月第 1 版第 1 次印刷
字　　数　138 千字
书　　号　ISBN 978-7-5500-3216-3
定　　价　39.80 元

赣版权登字 05-2019-75
版权所有，侵权必究
邮购联系　0791-86895108
网　　址　http://www.bhzwy.com
图书若有印装错误，影响阅读，可向承印厂联系调换。

我们与动物的契约

蒋方舟

几年前，互联网上曾经有过一番关于"救黑熊重要吗"的讨论。当时爆出了某个医药企业用活熊插管采胆汁的丑闻，一些动物保护者开始为了救熊而奔走，可他们面临了很大的质疑：救黑熊重要吗？

质疑者的疑问是：人的事情已经那么多了，怎么还有工夫管动物的事情？有那么多山区失学的孩子需要拯救，为什么还要去救黑熊？有那么多底层妇女正在经历苦难，为什么还要救猫救狗？难道人的生命不比动物的生命更重要吗？人的痛苦不比动物的痛苦更值得关注吗？退一万步讲，被取熊胆的黑熊是人类养殖的，难道不应该从属于人类，为人类服务吗？难道动物也有权利吗？

对于是先救山区儿童还是先救熊的问题很容易回答：每个人都有自己关心的事情，比如环境污染、人权、教育权、动物，况且，各种关心之间并不排斥——一个关心黑熊的人并不意味着他并不关心山区的孩子。

然而，对于动物的伦理，却是一个更难回答的哲学命题：动物有权利吗？我们该如何面对动物的痛苦？我们应该像尊重人一样尊重动物吗？

这些问题难以回答，因为我们已经面对着一个模式化的世界——大规模的肉食加工。动物皮毛在时尚行业的流行，几乎不被质疑的动物实验，我们已经完全习惯了依赖动物生活。我们该如何消除自己身为人类的优越感，一视同仁地看待动物？

当我看沈依陶的这本书时，我发觉看似困难的问题不难回答了，答案很简单：当我们能够想象动物的快乐与痛苦的时候，我们就学会了珍视其他的物种。

在这本书中，小小的作者以一颗异常敏感的心去对待动物，就像电影《狗狗与我的十个约定》中的小女孩，能够和狗订下真正的契约。

看了这本书，我开始疑惑：为什么总是孩子能够格外地理解动物，珍视动物与我们之间的情感？或许，一个原因是孩子和动物都是弱者，孩子不具备社会资源与力量，他们的行为受到约束，而话语也往往不受重视，就像是动物的痛苦呻吟往往被我们忽视。

孩子与动物之间的情谊某种程度上是弱者的惺惺相惜，而我们对待弱者的态度，决定了一个社会的文明程度。在动物保护的语境下，这种"弱者"是动物，而在人类的历史上，"弱者"曾经是黑人、犹太人、奴隶、女性；种族歧视和性别歧视这种如今被鄙夷的歧视，也曾经和物种主义一样被奉为圭臬。难怪甘地在大半个世纪之前，就有先见之明地说道："一个国家的强盛和道德程度，要看它如何对待其他生灵。"

每隔一段时间，就会看到街上清理、捕杀流浪动物，以及流浪动物的收养小站被强制关闭的新闻。当看到这种新闻的时候，我总在想，当我们习惯了"清理"所谓"低等"的生命，若有一日资源匮乏了，我们会不会以同样的态度清理流浪汉、残疾人？

随着年龄的增长，我们变得越来越精明与油滑，却一路丧失同情与怜悯之心。或许看看这本书，我们可以找回自身那丢失已久的、朴素的道德直觉，我们可以想起被遗忘在记忆深处的，曾经和动物订下的契约。

目 录

第二篇　因爱而感，事二三

第三篇　宠物回忆录

给冰灵的一封信

　　其实有你之前也想过，也许不养小狗我的生活也挺好。

　　现在不可能了，唉。

　　一开始见到你的时候，你那么小，特别像只小狐狸，而且模样完全和我梦中想象过无数次的你的样子一模一样。见到你的那一刻并没有特别惊喜，但经过了那么多年的煎熬和企盼，那一刻我的欢欣肯定是一生中最大的欢欣，绝非戏言。

　　你的模样完全符合我对你的想象，完全满足了当时和现在的我的心愿。

　　那时候我其实已经有点妥协了，有时会觉得，只要是只小狗就可以了，小猫也行，毛色我也不苛求，品种我也不苛求了。只要有一个那样有性格、有感情，能够认识我、陪我玩，不但能让我爱也能爱我的小家伙，我就满足了。我觉得你太珍贵，我不一定有那样的幸运。

结果你来了。

我记得刚看到照片的时候的惊喜，开心到连做梦都是笑着的，那种梦想成真的感觉无法用文字描述，但见到真实的你，把你抱到怀里，真切地感觉到你的雪白柔顺的绒毛，那种幸福的感觉真是妙不可言。那时候我是真的什么都忘了，我记得你和你姐姐向我扑来的身影，两个嫩生生、水灵灵的小家伙，笨拙地扑在我腿上，软软的、小小的。我记得当时你的眼睛在你小小的脸颊上显得很大，黑溜溜、亮晶晶的，我记得你那轻巧的小爪子，你真切而轻盈的身体。你太小、太精致、太美了，像一个晶莹剔透的水晶，让人想爱护你、呵护你、宠着你。我记得我一把你抱起来，你就亲昵地舔我的脸，软软的小舌头一下一下地舔，直接表达你对我的喜欢。

然后我又发现你的一只腿有点瘸，常被姐姐挤开或者欺负——

我立刻认定了你，从今往后，你就是我的冰灵。

爱你的陶陶

第一篇

角度不同，爱相同

我有一个女儿

陶陶

　　我有一个 9 个月大的女儿。

　　它叫冰灵，是一只白色的小博美。

　　为了它，2016 年暑假我和我的父母，开车自驾从上海去北京接它。那是一段渴望被缩短的路程，因为拥有一只水灵灵的小狗是我多年的梦。

　　到达它家时，推开门，看到它，我禁不住泪流满面。那时它和它的妈妈壮壮、姐姐毛毛在一起生活。门一开，就看见两只雪白的、毛茸茸的小小狗向我冲来，脚步一晃一晃的，尾巴一翘一翘的。这两只还不会摇尾巴的刚断奶的小狗趴在我大腿上，像两朵云一样白，像两朵云一样轻。我抚摸着它们，舍不

得停下来。

　　当时，冰灵的临时主人浦伯伯在关门时不小心夹了它一下，所以它的右前腿有点瘸。它的姐姐毛毛极霸道地把一瘸一拐、正向我撒娇的它挤开，踩下去，而自己拼命地朝我身上扑，似乎是在争夺爱抚。我不喜欢毛毛这股霸道劲儿，便把正蜷缩在一边委屈地蹭我脚的冰灵抱了起来。它好像很高兴，又有点害怕，两只前爪紧紧扒住我的胳膊，侧过头，伸出小小的舌头轻轻舔我的手腕。我看着它，它也用那又大又圆的黑色眼睛盯着我看。

　　跟健壮活泼的毛毛相比，冰灵明显更瘦弱些，还瘸了一条腿，可不知为什么，我看着冰灵的眼睛，感觉到一股难舍的亲近。

它的嘴巴稍稍有点歪，黑色的眼睛里没有一丝白，显得非常深邃又亮晶晶；它的腿脚很细很小，安心地依偎在我怀里，我深切地感觉到它对我的依赖和信任。我们才第一次见面，它就爱上了我，我也爱上了它，也许这就是大人们常说的缘分吧。

看到我选了冰灵，浦伯伯也喜上眉梢，浦妈妈开心地笑着说："你浦伯伯可喜欢毛毛了！"我们各自抱着命中注定的缘分狗狗拍了合影，脸上都绽放着幸福的笑容。

于是回去的旅途我不再孤单寂寞，身边多了一个小影子，也给我带来幸福和欢乐，它就是我的女儿冰灵。

灾祸

我带走了这朵轻柔的云，陷入了对它无穷的爱中。那是一种纯粹的喜悦，光是看着它，我就已经高兴得想哭了。我觉得不可思议，它怎么能那么美？对它的爱铺天盖地地从心里涌出来，像海潮一样澎湃。

带着它回到上海后，我和父母渐渐习惯了它的存在。它也安然地住进了这个新家，天天欢快地在柔软的地毯上蹦跶。蹦跶来蹦跶去，它的右前腿基本已经不瘸了，我们也放松了管教。

一放松就惹出事来。

那是一场灰色的、真实的噩梦。那是国庆假期前夕，妈妈回家后它照例两条后腿站立起来扒妈妈的腿，撒娇要抱抱。妈妈轻轻把它抱起来，它太兴奋了，在妈妈怀里又挣扎着想下地玩耍。妈妈刚刚弯下腰来，它就急不可耐地从妈妈怀里用力跳了出来，这一跳，可摔坏了小冰灵，只见它把右前腿缩在胸前在地上打滚狂叫。我闻声从卧室跑出来，蹲在它身边，心疼得无以复加，眼泪止不住地从眼眶里流出来。它拼命扭动，一声接一声地尖叫，尖厉得几乎把我刺倒，而我却没有一点办法，连碰一碰它都不敢。

爸爸也飞快地跑了过来，他小时候养过许多次小土狗，知道怎么帮它。它稍稍停止尖叫时，爸爸把它抱了起来，小心翼翼地捏了捏它的腿，发现关节的地方有些肿，而且它又发出了令人心悸的号哭。

我那时哭得已经崩溃了，感觉自己四周的空气里都充满彻彻底底的无助感。等我好些后，它已经睡着了。即使在睡梦中，它也不敢挪动身体，小心翼翼地瑟缩着，此时的它是一片令人心疼的、受伤的云。

住院

我们带它去了宠物医院，诊断结果是骨折。

它在浦伯伯家时右前腿就有旧伤，现在伤上加伤，以至于尺骨和桡骨都断了。

我们去的第一家宠物医院，他们说只做内固定手术——要

在冰灵的右前腿内置钢板固定，需要住院数天。我们的内心都是拒绝的，冰灵还这么小，让它单独待在陌生的环境里，离开亲人，离开家，这是多么大的煎熬啊！

那时我们都还有一点侥幸心理，很多人都说"狗狗的自我修复能力很强"，爸爸小时候养小狗，有点小伤小病的，它自己在土地里打上几个滚就好了。我以前看《狼图腾》，里面也说狗是属于大地的动物，只要接地气，它可以自我疗伤，为自己注入活力。

所以我们换了一家宠物医院，决定为冰灵做外固定，这样可以避免它蹦蹦跳跳造成二次伤害，可以帮助它更好更快

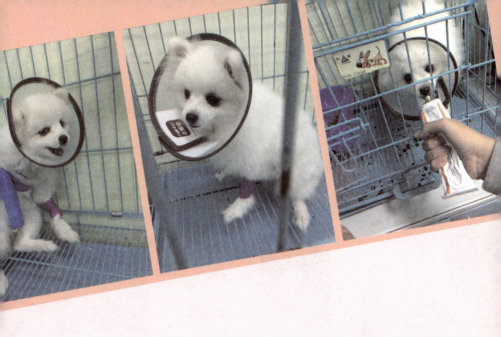

地恢复。

　　在第二家宠物医院，冰灵吸入了麻醉气体，一动不动地躺在手术台上，两位医生给它做外固定。我们不能进手术室，只能在外面焦灼地等待。

　　等待的时候，有一个爷爷抱了一只小鹿犬进来，他要为已经年老体衰、重病的小鹿犬做安乐死。听到这个词，我吓了一跳。爷爷的脸上满是落寞、无奈和悲伤，小鹿犬瘫在他怀里，已经不会自主动作，嘴角溃烂，双眼无神。我可以想象小鹿犬曾经陪伴爷爷度过了怎样相依为命的快乐时光。狗狗是拿它的全部爱和整个一生来陪伴我们的。看着他们，我更加坚定了对冰灵的爱。

一个多小时后，医生出来了，她遗憾地告诉我们，由于冰灵的尺骨和桡骨都断了，外固定无法精准接续，它会彻底变成一个小瘸子，所以最好还是做内固定，而且术后护理还要小心。

但是这家宠物医院没有住院条件，必须每天过来。我们又去了第三家宠物医院。

辗转于几家医院的日子里，冰灵是我们家最活泼的一个。它不知道即将发生什么，所以一如既往地在家里胡闹，只是三条腿一拐一拐的，活动量变小了。它那条悬着的右腿在我眼里就是压在心上的巨石，冰冷沉重。有时候它颠颠地跑来撒娇求抱抱，一个趔趄翻倒在地上，一边咝咝地抽冷气一边舔那条伤腿。它天真的眼神带给我的只有心痛。

经过一番比较，我们选定了其中最专业、最可靠的一家医院后便把它送过去治疗。我透过朦胧的泪光看见它在医生怀里安安静静的，全身因为惊恐不安而不停发抖，我伸手抚摸它的头，

感觉到它的耳朵都在微微颤动。它不知道，自己很快就得在这个冰冷的地方待一个月。医生把它放进一个冰蓝色的笼子里，它一声不吭地望着我们离去，只是颤抖得越来越厉害。

我哭着跟它一遍遍说"我们会回来接你的"，可是我自己也不知道能不能忍受没有它的一个月。我不知道它听不听得懂，也不知道它明不明白为什么我脸上有两行源源不断的泪水。

之后，我每天放学都来看它。

每一次我们一来，它就立刻扒着笼子站起来，拼命往外探。

我呜咽着把它抱出来紧紧揽在怀里，让它的脑袋在我的下巴上蹭来蹭去。每一次我们不得不走的时候，它都会扒着笼子望着我们慢慢退出玻璃门，发出委屈的嘤嘤呜呜声。

它终于可以出院的那天，爸爸妈妈为了给我一个惊喜，瞒着我偷偷地去把它接了回来。它活蹦乱跳地在窝里打滚，四处转悠着玩耍。我抱着它哭，哭得痛快淋漓，把这一个月的委屈和想念汇成一股洪流，都倾泻了出来。爸爸嫉妒地说："我病了她都没有这么哭过。"妈妈微笑着说："自从这小狗生病以来，她就特别爱哭，说明是'真爱'啊。"

当然是真爱了，而且你们谁不爱啊？

生病

如果说冰灵的受伤是乐极生悲的话，那它经受了手术、住院的煎熬，也该否极泰来了吧？

但所谓"屋漏偏逢连夜雨"，它刚刚出院，就又进了医院。

一开始，它的出院回归使我们欣喜若狂，而这个可怜的"小姑娘"在自己家也尽情释放了天性，天天活蹦乱跳。也许是医院的狗粮不合胃口，它一回到家就狼吞虎咽地把盆里的狗粮吃了个精光。可第二天，它就开始没胃口，狗粮盆一整天都没动，一粒狗粮也没被碰过。我们还以为是昨天吃撑了，也没加理会。然而第三天，它突然开始吐，地板上是黏稠的液体，一摊又一摊。

它发出吓人的干呕和咳嗽声，肚子一抽一抽，没精打采地趴在一个角落。我走过去轻拍它的背，想安慰它，可它抬头看看我，站起来，无力地走到另一边屋角。

　　它该有多么的无助。

　　我们又带它去了医院，诊断结果是急性胰腺炎，要吃药和输液，还要禁食，以恢复肠胃和胰腺的健康。我们实在舍不得让憔悴的它再在医院熬上一周，便决定每天上午把它带去输液，下午带回家，让它能享有在熟悉的家里休息的权利。为了便于输液，医生在它的右后腿上打了留置针，它就一直翘着那条后腿，好像后腿已经不属于自己了一样。

　　在医院陪它输液的时候，我看着它发抖的毛尖，眼泪又涌了出来。它不知道为什么自己会被送到这里，莫名其妙地被关进一只奇怪的笼子；它不明白什么时候能回家，能彻底告别这个奇怪的医院，这个没有人会把它当心肝宝贝疼的地方。它完全是无辜的，不明白这一切为什么会发生，没有人能跟它解释原因，这颗苦胆，它只能独自品尝。它得有多么委屈呢，它得有多么无助呢……

　　我也永远不会知道它究竟有多痛苦。它唯一能向我传达的信号，就是那瑟瑟发抖的毛尖和不安的眼神。输液的时候，不管需要多久，它都硬撑着站立，而不是趴下来休息。它该有多紧张啊！所以每天回到家，它就累得睡好久好久。

　　看着它雪白纯洁又脆弱的模样，爸爸妈妈都很沉默。有时候

爸爸会欲言又止但还是忍不住说："我小时候养过那么多小土狗，哪有这么麻烦……"有时候妈妈会看着冰灵叹气，看着我叹气。

它太脆弱了，我心里产生了一个不愿提及，甚至不愿想到的念头。

万一……

我抱着它哭着悄悄说。

万一你走了呢？

我已经给了它太多的爱，我们都已经太过于宠溺它。我真的无法接受这朵完美的云带着这些感情一起烟消云散，甚至不敢想象这样的情况发生。我心慌得不敢从它身上移开目光，我用一切有关于它好转的情况来安慰自己，这样的日子持续了整整一个星期。

医生告诉我们它不需要再输液的那一瞬间，我感觉这几天经历的一切阴郁都被快乐蒸发了。它也好像得到了解放，在自家的狗窝上打滚蹭了半天后就直接四脚朝天地睡着了。我憋着泪趴在旁边看，看着它肚皮一起一浮地平稳地呼吸着，突然很珍惜这样难得的时刻，希望以后的日子可以一直这样美好。

我擦一下眼泪，揉揉它的肚子。它顺势一翻，侧倒在狗窝里，眼睛都懒得睁，睡得无比香甜。

自由

随着伤病的痊愈和年龄的一天天增长，它和我们越来越熟悉和亲近，露出了自己调皮捣蛋的一面。比如，在深夜扒翻垃圾桶，把脏东西踢得到处都是；夜晚大家都睡着了的时候刨开我的卧室的门，跑进来扒在床沿看我，"哈哈"地叫我；悄悄把木质桌椅脚啃成木屑；把茶几上的摆饰扒拉下来咬坏……

但挨了我们的训斥后，这个小家伙的委屈样儿，也足以让我和爸爸都"缴械投降"，心疼地抱起它一阵抚慰，就此把它做的一切都无条件原谅。只有妈妈能硬起心肠不理它，但转眼也会一阵心软后给它一片柔情。"它真的是我们家的一分子。"爸爸笑着说。"嗯，嗯。"这是在妈妈怀里即将入梦的它给出

的应答。

　　狗狗真是时时刻刻都需要奔跑运动的动物，但在上海这样的大城市中毕竟到处都是钢筋水泥的建筑，能够让狗狗真正无拘无束、自由自由地奔跑的地方并不多。狗狗只能被牵引绳束缚着，跟主人一起在小区里或周边的一小片区域里散散步。

　　于是，我们决定每周带它去江湾校区一次，趁人少放开绳子让它自由地跑一跑。第一次带它去"放风"时，它快乐得快疯了，我第一次见到它那么开心。解开绳子后，它跑得特别爽，快得像一阵风一样。阳光照在它身上，像照在一片雪上，反射出一片耀眼的光。它兴奋地伸着舌头，小腿欢快地奔跑着，全身的毛都被风吹得几乎飘起来。那是一朵白云，一朵自由的云。

　　跑累了，它随地一趴，就开始睡觉。我好开心，妈妈抿着嘴笑着说："好惬意！"

就是说啊，好惬意。我想象它在想什么。它一定在一边尽情地狂跑一边想：这么大这么大的地方，这么多这么多的草，这么舒服这么舒服的地方啊！

它肯定快高兴得疯了。

我也快高兴得疯了。

但我可不惬意！

它那么"放荡不羁爱自由"，却又那么爱叫，爱追人、追狗，我必须趁没人的时候才能给它松开狗绳，让它跑，一看见它往路上跑或者去追人了就赶快喊它、追它，给它系上绳子。它顽皮、不听话，总是让我心急如焚地追着它跑，可它跑一会儿后又突然来一个急转弯，先甩开我再继续向"目标"前进。每一次，当我筋疲力尽地追上它，给它套上绳，累瘫在绿茵茵的草地上时，它却神情悠闲地躺着休息，无聊了再咬几根草玩玩。

尽管这差事很辛苦，但我不敢不做，因为有一片灰色的印记一直烙在我的心里。那片灰色像雾霾一样淡淡地笼罩着我，使我不能安心地享受草地和阳光。

那片灰色，叫担心。

如果它跑到大路上，被车撞上了怎么办？如果它去追扑别人想跟人交个朋友，却被那些人踢伤或打伤了怎么办？如果它跑去挑衅其他狗，被咬了又怎么办？

我不敢想象会怎样，所以我不敢让这一切发生。但一直被剥夺自由的它，如果连这样偶尔一次的放风机会都丧失的话，它该有多痛苦！

我不愿它身体受伤，也不愿它心里受伤。于是我只好追在它身边，尽可能给它提供自由和保护。

也遇到过揪心的时刻。

有一次，在江湾校区的大草地上，一只流浪狗经过，被它发现了。它大声咆哮起来，飞快地冲过去，居然一下子将牵引绳从我手中拽脱。我从来没有那么害怕过，害怕得忘记了疲惫，忘记了去担心我周围的一切，空白的脑子里只剩下一个想法——追上去，抓住它！

"冰灵——冰灵——"

我大声地呼喊，嗓子都喊哑了，也

顾不上。我拼命地狂奔着，焦急的情绪顿时袭遍了全身，害怕和紧张几乎将我整个人湮没。直到我终于一脚踩住了狗绳，它停了下来，我一把抱起了它，才慢慢地恢复镇定。我看到那只狗并没有理会冰灵的挑衅，已经悄悄走远了。我抱着它，突然感觉到极度的委屈。

不是恼怒它不听话，也不是心疼自己跑到快虚脱，我自己也不明白为什么这么委屈，眼泪又慢慢地滑落下来。

有什么办法呢？是我自找的。

我可以不养狗狗，不用承担照顾它的烦琐脏累，不用经历它受伤生病的煎熬，不用感受它伤痛离别时的悲伤无奈。可是我养了，连狗狗都是我自己选的。

有什么办法呢？爱是没有办法衡量代价的。

但也有补偿啊。我不养它，我就不知道它的一个眼神、一个动作能给我带来那么多的快乐，我就永远也无法体会它从疾病中恢复健康时的那种巨大的喜悦。

被它爱的时候，我很快乐。爱它的时候，我更快乐。虽然这快乐中，包含着太多的辛苦和疲惫。

爱护和照顾一个小生命的辛苦，不也是每一对父母都在承担的吗？

爱着冰灵的时候，我也更深切地体会到了父母对我的爱，不求回报、不计代价。

无尽的爱

　　我的女儿冰灵就是这么可爱。

　　它就是这么白、这么萌、这么乖、这么惹人怜爱。

　　所以我非常幸运，能把这朵雪亮的白云、剔透的水晶抱在怀里，看它脑袋在我腋窝里蹭来蹭去，看它轻轻靠在我胸前。我写这篇文章的时候哭了好几次，为那些或喜悦、或悲伤的记忆。

　　它现在才 9 个月，换算成人类年龄不过是个 7 岁左右的小女孩，而我现在不满 13 岁，还是个小姑娘；当它 1 岁时它就是个少女了，而我仍然是个小姑娘；它 5 岁时就会是一个稳重的、成熟的青年小狗了，但我那时还是一个小姑娘；它 10 岁时就将要步入暮年，而我仍只是个 22 岁的年轻女孩。

　　我把它当作我的女儿来宠爱，而它将在它的那个世界里成长和老去。我们虽然在一起，却又好像处在不同的时空里。

　　它现在还只是个孩子，但毫无疑问，在不久的将来它会比我更加成熟。最终，它还会在我还年轻时就走到生命的尽头，只给我留下十余年的回忆。

　　但它会是我将来最纯洁、美好的回忆。因为我全心全意地爱过它，它也全心全意地爱过我。

　　我爱，它被爱。世界上没有任何人比我更爱它。

　　因为它不是玩具，不是宠物，是我的女儿。

一只走南闯北的狗

陶妈

女儿从小就喜欢小动物，特别喜欢小狗。在小区里，每次遇到散步的狗狗，她都会忍不住想要摸摸、抱抱小狗，好几个狗主人都认识她了。

后来，小姑姑家养了一只黑色的拉布拉多，名叫朵朵。她就时不时念着要去看朵朵，朵朵非常活泼和友善，每次我们进门它都会摇尾巴热烈欢迎。女儿和狗狗，就喜欢黏在一起。

因为喜欢狗狗，女儿还自己买了一本介绍狗狗种类和习性的科普书来看，对各类狗狗的情况了如指掌。

然后，女儿宣布：12 岁的生日礼物，就是要一只白色的博美小母狗。

　　我和她爸爸不置可否，想着还有好几年的时间，也许到时候这个愿望就遗忘在岁月里了。

　　而我们的不置可否却被孩子一厢情愿地理解为默认，转眼间她就 12 岁了，她不怎么提，但是能看出来那愿望在她心里依然很强烈。

　　机缘巧合，女儿满 12 岁后没多久的 2016 年 5 月，北京的一个朋友告诉我，他家里的博美狗狗年老逝去，而在北京的另一个家庭中，三只博美小狗出生了。它们的生日如此有爱，520。朋友将两只博美姐妹接到了家里，准备留一只，送我女儿一只。

女儿得知这个消息后，兴奋得掉了眼泪。她最不喜欢长途自驾，因为无聊和辛苦，但是这次，她用心地做着种种准备，打心眼儿里盼望着早点去接狗狗。我们提前在家里备好了狗窝、凉垫、狗粮、牛肉干、营养膏、牵引绳，甚至包括玩具和零食，在车上也备好了旅途中可能会用到的各种东西。

这一路上，女儿没有像往常那样把"还有多久"挂在嘴上，而是一路专心想象接到狗狗的情景，然后自己忍不住地笑或者默默掉喜悦的眼泪。我旁观着，为她纤细的小儿女情怀感动，就算自己心里有怨言、有不安、有忐忑，也只有按捺着了。

2016年8月23日，我们到达北京，下午5点20分，女儿见到了她的小狗狗。

门打开的一刹那，两只毛茸茸的白球滚了过来，女儿一进门便双膝跪倒在地上，迎接那两只可爱的小毛球，眼泪夺眶而出。想起之前在网上看到过的一个视频集锦，孩子们在收到父母的礼物时，打开看到是个小狗狗，个个都激动得尖叫流泪。今天这一幕对女儿来说同样令她激动和欣喜。

我们见到狗狗时，博美小妹妹恰好右前腿有一点点伤。这让它显得怯生生的，惹人爱怜，女儿一眼就相中了它，抱在怀里百般爱抚。早就准备好的名字"冰灵"立刻代替了原本的名字"美味"。3个月的小狗狗也很有灵性，乖乖地依偎在她怀里，指甲盖儿大的小舌尖，温柔地舔舐她的手指、胳膊，大眼睛萌萌的，还时不时来个左右歪歪头。叫它"冰灵"，它就抬眼望来，好像知道这是它的名字。

第二天，我们就返程了。小冰灵告别了妈妈和姐姐，跟我们踏上了南下的旅程。车子一动，它就趴下睡觉，不吵不闹也不乱动，非常乖巧。

我们带它去参观卢沟桥。始建于金朝的卢沟桥，经历八百多年岁月，承载着厚重的历史记忆，凹凸不平的石板路面，冰灵的小脚丫一颠一颠，总让我有点失笑。

我们带它一路南下，在古色古香的高速服务区下来放风。小冰灵在宽阔的石板地上小跑，在仿古的长廊下饮水，玩得很尽兴。玩累了，它就回"家"，它知道车子是它的"家"。身边带着冰灵，回头率奇高。

我们带它到河南姥姥家，它不认生，不管看见谁的嘴巴在动，都会跑过去两腿直立要东西吃。作为一只小奶狗，每天睡觉时间很长，它喜欢钻进沙发下面睡觉，留一个小尾巴尖儿在外面，所以我们要特别留神不踩到它。

我们带它去扬州瘦西湖，看万顷荷塘，看二十四桥，它栖身在女儿的背包里，乖乖的，很听话。困了，就伏在她腿上睡觉，女儿小心翼翼地平抱着它，好像在抱一个初生的婴儿，生怕一个不稳，就会惊扰它的甜梦。

千里迢迢，冰灵从"帝都"来到"魔都"，在上海安了家。

刚到家的那天，它东走走西嗅嗅，每个房间都熟悉了一下。虽然是一个于它来说全新的地方，它却立刻熟门熟路起来：它知道它的窝是休息和睡觉的地方；它知道哪些是它的玩具，喜欢玩的还会叼进窝里去；它知道地毯是它的领地，不管有了什么新玩意儿或吃食，总是趴在地毯上细细把玩；它知道院子里哪一小片草地可以啃花、吃草、挖洞、刨土……

而且它很快知道了最常照顾它生活起居的人，是我。它每天早上醒来第一件事，是挠我的门，坚持不懈地挠，直到我出现为止；我从外面一回来，它就双腿直立，前脚搭着我的腿求抱抱；玩具卡在缝儿里，不管身边有谁，它一定跑去找我过来帮忙。

抵不过它的热情，把它抱在怀里时，它两只前腿抱着我的胳膊，小脑袋依偎在我身上，有时还会伸出舌头来试图舔我的下巴——我躲开，它悻悻然而不懊恼。它完完全全地信任我，有时我假装手里有零食来逗弄它，不管骗它几次，它下一次仍然热切地奔来，毫不怀疑，反倒是我自己不忍心逗它了。只要我出门，哪怕只是扔垃圾的一两分钟，再次进门它总像和我久别重逢一样的热烈欢迎，咧着嘴笑，嘴里发出热情的"哈、哈"声。偶有责骂，它就低着头，眼神瞟向别处，等我停了，它依然像往常一样紧紧地跟在我身后。

这样一个小东西紧紧地缠着你，深深地依恋着你，我能怎么样呢？记忆里对狗狗的恐惧似乎仍然在，但冰灵就是冰灵，它是一只小狗，又不全然只是一只小狗，它——是冰灵。

露营在夏日的原野

陶陶

　　2017 年 5 月 28 日——端午节前夕，是我和我爸爸、妈妈、姥姥、姥爷以及冰灵，第一次去露营的日子。这次露营，小米和皮皮两家也和我们一起。

　　我们一家最早到达露营地，很快支起一绿一蓝两个大帐篷。我抱着冰灵坐在旁边，看着帐篷渐渐立起来，在树荫里微微摇晃，心里的兴奋也悄悄膨胀。妈妈一把垫子铺进帐篷，我就钻了进去，扇走那些绕着脑袋盘旋的小飞虫，拉上帐篷拉链，把冰灵摁坐下，然后安安静静地坐在它旁边，享受这个安心的空间。拉链没有全拉上，留了一条缝，能让一丝风吹进来，却足以阻挡烦人的小虫；温度不冷不热刚刚好，带着一点草腥味。

真舒服。

然而冰灵并不老实。它刚坐下又站起来了，绕着小帐篷的边儿一圈一圈地跑。它腿上的绒毛蹭得我很痒，于是伸手搂住它的脑袋，揉了揉它的头，再摁着它的屁股，把它摁趴下……直到皮皮一家到达。

皮皮兴奋地钻进了我的帐篷，跪在我旁边抚弄冰灵。过了一会儿，妈妈们唤我们出来遛遛小家伙。于是我给冰灵套上绳，抱着它钻出帐篷，放在柔软的草地上。它先奔向妈妈，在妈妈脚下转了个圈儿，然后朝着大片的荒草地奔去。地上有许多不知名的野花和成群的小虫，美中不足的是，还有不少别人烧烤后遗留下来的垃圾，我们只好拉紧狗绳，把垂涎欲滴的冰灵从散落的鸡骨和烧烤签边拉走。这片草地大极了，冰灵跑得快极了，惊得好多飞虫嗡嗡地从地上飞起来。这是对我来说很特别、很自然的夏日。渐渐下沉的夕阳在我身后拉出一条长长的影子，我真切地感受到草地的独一无二的美，我很幸运地想：这片草地我来过。

我捉到一只蛾子，给妈妈展示了一下，然后松手让它飞走了。冰灵在草地上欢快地跳跃着，追逐那只惊恐的蛾子，然后趴下来，舔舔几根拨弄着它脸颊的草茎。

天慢慢黑了下去。我突然意识到，今夜我将度过一个真正黑暗、没有灯光的夜。不会有窗外影影绰绰的路灯，不会有墙上闪闪烁烁的小夜灯，不会有时不时亮起的手机屏光，四周只有彻彻底底

的黑暗和微弱的星光。

不过这夏夜并不寂静。

天差不多黑下来时，因参加钢琴比赛而最晚来到的小米一家终于到了。烧烤炉发出的火光在暮色中显得灰暗，但也醒目。冰灵在大家的脚边跳跃来去，渴盼有人能撕下一条肉丝喂它。姥姥担心踩着它，于是把它抱起来，喂它一点点烧烤食物。我和小米、皮皮去了小米的帐篷，在黑暗中玩着自创的游戏，三个人好几次笑成一团，撞得帐篷东倒西歪。

烧烤结束后，已经差不多九点了。我们坐车去酒店洗漱后回来睡觉。冰灵和爸爸一块睡，我和妈妈一块睡，姥姥姥爷都在酒店睡。大家互相问候着类似"晚安！""隔壁的睡了吗？""你是哪个？皮皮还是小米？""哎呀，我这帐篷进虫子了！"这样的话，兴奋地闹了一刻钟才渐渐地安静下来。四个帐篷都静下来后，我就能清晰地听见外面有蝉鸣和蛙声，有节奏地"咕呱、咕呱"地叫着，很轻很远。睁开眼睛什么都看不见，只能勉强看到一点点轮廓；而且由于地面不平坦，我折腾了好久才睡着。开心的是，我做了一个很美的梦，梦里也充满了"咕呱咕呱""沙沙沙"的夏天野外的声音。

第二天早上，妈妈起床时帐篷里进了虫子，于是我半个小时都在和帐篷里的虫子搏斗，打死一只又来一只，一数帐篷居然住进了五只虫！从帐篷里睡眼惺忪地走出来，发现爸爸放开了冰灵的绳子，让它自由地玩一会儿。它一看见我就兴奋地冲过来，趴在我腿上哼哼。皮皮想来抱它，它一下就跑了。我把它捉住给姥姥抱着，然后和皮皮、小米一起玩扑克牌。黎明的荒野亮堂堂的，风也大了起来，树枝也在不停地晃动。一片叶子被风吹得掉了下来，落在我身上，吓得我以为是只虫子，猛地一抖肩，手里的牌都掉在地上了。冰灵从姥姥怀里蹦了出来，跳到我身边，咧着嘴"哈哈哈"地喘气儿。我把它抱起来，想回帐篷去，但妈妈已经把帐篷收起来了。她让我们收拾东西准备走，于是我右手拎了自己的背包和一个食品袋，左手抱了冰灵，告别了夏日的原野。回家的路上，大片大片的草地又被我们踩得飞出好多小虫，这时明亮的朝阳已经照得人睁不开眼，风更大了，吹得我的未扎起的头发四散飘飞，吹得冰灵的毛也凌乱了。

我们的影子铺在地上，已经渐渐走远。但我的记忆里收藏了一幅画——在黯淡的夕阳里，朦胧的四个帐篷和一个烧烤架立在缓坡上。一个小白点依偎在一位老人怀里，一群大人围在烤架旁。近些看，会发现那个浅绿的帐篷里有三个孩子的影子映在帐篷上。

第一次露营

陶妈

2017 年 5 月 28 日，我们一家带着冰灵和皮皮、小米两家一起，去阳澄湖畔露营。

这是冰灵生平第一次露营，其实，也是我们家的第一次露营。因此，在露营之前的半个多月，我就开始计划，每天想啊想啊，想自己需要准备些什么东西。

帐篷、睡袋、地垫、露营灯……还要烧烤，炉子、炭、签子、刀具、食材，别忘了油、盐、酱、醋……要带冰灵，出行包、牵引绳、食盆、水盆、狗粮、零食、玩具……

28 日下午 2 点多，开始装车准备出发。冰灵激动得不行，它似乎知道这趟出行它是要参加的，时不时就溜出门去了。我们一边往车上装东西，一边还得随时捉住它塞进屋去。东西装好了，陶陶抱着它上了车。

刚开始它跟陶陶坐在后座，太激动了，一会儿跳下来，一会儿跳上去，一会儿在陶陶腿上踱步，有时看看窗外，冷不丁地吼两嗓子，一副"主子我今天心情好"的架势。陶陶受不了它的闹腾了，就把它放到坐在前座的我的脚下。它扒着我的腿向外张望，大概觉得没意思，便趴下睡觉了。

一路安睡。快下高速时，我们打算在旁边的服务区稍作休息。车子刚一熄火，它腾地站了起来，扒着我的腿要抱，它知道车子熄火就是要下车了。

服务区有一家肯德基，干净、整洁，周围绿草地环绕，大家进去休息，陶爸一个人带着冰灵坐在外面的藤椅上。过了一会儿我出来看，发现陶爸只顾着看手机，冰灵差点悄悄地挣脱了束缚，它眼巴巴地盯着门，也想跟着进去呢。

下午5点，我们到达目的地，开始搭帐篷。冰灵在旁边蹦蹦跳跳，好奇地东看西看，帐篷一搭好，地垫还没铺，它就立刻扑进去了，然后就据门以守，"一夫当关，万夫莫开"的架势，当然被我一手抄起，夹在腰侧。它只要四脚腾空，立刻就小鸟依人、百依百顺了。搭好一个帐篷，陶陶进去看书了，冰灵也在她脚边自在玩耍，彼此都很满意这相守的时光。

很快，四顶帐篷搭好，陶爸和皮爸开始点火烧炭，准备晚饭。这时朵朵也来做伴一起玩了。皮皮作为男孩，一下子就被大狗吸引了，在草地上奔跑、跳跃、追逐、嬉戏，累了就卧倒在地，你枕着我，我垫着你。冰灵则依然是和陶陶在一起，远远看去，绿草地上一个小白点，跑近来，两只乌溜溜的眼睛里藏不住的开心，吐着小粉舌头歪头卖萌。

开始烧烤了，朵朵乖乖地蹲坐在旁边等着喂食，冰灵东窜西窜地找食物；朵朵一口一个鸡翅嘎嘣嘎嘣就没了，冰灵要将肉丝一条一条地撕下来慢慢嚼；朵朵就算等得口水滴答也不作声，而冰灵盯着你看一会儿，如果你还不喂它，它就开始抬起小脚丫挠、推，嘴里"咿咿呀呀"叫，恨不能说起话来。它还时不时冲朵朵挑衅似的叫上一两声，像个调皮欠揍的熊孩子。

吃饱喝足，天也完全黑了，旁边小河里蛙声一片。晚风吹来阵阵清凉，竟连蚊子也没有了。简单洗漱一下，大家都安睡了。冰灵今晚没有独守"空房"，而是有陶爸做伴。它绕着陶爸走了一圈，舔舔他的脚，就在他脚边蜷成一团，安静地睡了。

虽是郊野无人，耳边却各种声音不断，蛙鸣就不用说了，枝头似乎还有蝉鸣（但不可能，还没有那么热，白天也没有听到过），还有其他不知名的虫子唧唧啾啾。风吹着帐篷的透气窗，轻轻的噼啪声常使我疑心有人的脚步声，其实没有。远处偶尔有狗吠，竟然都没有把冰灵吵起来，可见它白天跑累了，睡得很熟。"蝉噪林逾静，鸟鸣山更幽"，在"日日车马喧"的城市里，是真的体会不到的。

不知自己是何时睡着的，天刚微微亮，就被帐篷外热切的

　　"哈、哈、哈"的哈气声惊醒，透过帐篷纱窗往外看，冰灵正努力朝里望，因为纱窗高，它在原地踮着脚跳高。后来听说，它凌晨3点多就去舔陶爸的脸努力要叫醒他，帐篷开条缝就赶快钻出来，绕着每顶帐篷巡视了一番，然后就在我帐篷外面张望。

　　朝阳还只是透着一点儿粉，宽广的草地上一个人也没有，我们就让冰灵自由奔跑。它开心地撒开腿朝远方奔去，远得只能看到一个白点的时候忽然绕一个弧线往回奔，奔到我脚边转个圈圈再奔出去……累了就卧倒在草地上休息，顺便啃一朵野花。风吹着草叶拨弄到它的眼睛，它舌头一卷把草叶含在嘴里。

　　草地的一边是阳澄湖，中间横着一条几米宽的小河。冰灵一个劲地往河边走，一副想要下水的模样，四只脚爪都湿漉漉的。昨晚朵朵已经趁人不注意下过水，后来摸到它湿漉漉的衣服才知道。原来狗狗都这么爱玩水，是不是所有的狗都会"狗刨"技能？

　　红日升起，树林、草地、冰灵，都镀上了一层粉嘟嘟、亮闪闪的色彩。三个孩子中，小米率先起床了，向着冰灵走来。

　　美好的一天又开始了。

猫狗大战

陶陶

　　暑假里出门去了一趟青海湖，一回来，发现家被"入侵"
了——一只大花猫妈妈领着三只小猫娃，舒服地趴在院子里，
静静地望着我们。小猫软绵绵地爬在大花猫身上，一只全黄、
一只黄白花，还有一只黑白花，嫩嫩的，可爱极了。

　　我小心翼翼地打开院子门，这几只猫"嗖"的一下窜到了院
子左边的下水道里，躲进那个堆满杂物的、黑咕隆咚的洞内。脑
袋探进去看看，一片漆黑，什么都看不见，猫儿们好像消失了一样。

　　我拿出一包小火腿肠，一块一块掰下来扔到那个下水道的
洞周围，然后蹦回院子门里等着看小猫。

　　结果大花猫妈妈出来了，试探着、犹犹豫豫地嗅着肉肠，然

后一根一根叼回去。那是一只瘦但挺矫健的猫，我偷看的时候不小心弄出点动静，它"嗖"的一下就飞回洞里消失了，闪电一样。

想想冰灵的日常：叼着东西就跑不快，一快跑嘴上的东西就掉下来，一个猛回头去捡，"咣"的一下屁股撞在桌子腿上，捡起来转头继续跑，又是"咣"的一下一头撞在椅子上。（真是没有对比就没有伤害，哈哈。）

等冰灵回来，它一定要去院子里疯跑，一定要去赶猫……到时候，它怎么打得过身经百战、伶俐矫健的猫妈妈？

第一次交锋

果不其然，冰灵惨败。

冰灵一回家便激动得团团转，在客厅里一圈圈地狂跑，又蹦跶到人前边扑大腿要抱抱，舌头快飞出来了，扑一下，转个圈儿，跳芭蕾舞一样，激动得自己绊着自己，"砰"地摔倒，在地上打个滚又蹦起来，"哈哈哈"地喘气，眼睛里闪着无比欢快的光，像朝霞一样热烈奔放。

猫的眼睛可不是这样的。它们的眼睛也是亮亮的，但是很冷、很锋利，像深夜的星光，冰冰凉。

撒完娇，冰灵一溜烟地奔进了院子……"咿"的一声惨叫。

它被猫妈妈恶狠狠地赶了出来，被它踩着尾巴撵，屁股上被挠了好几下。它屁滚尿流地逃回家，直接窜到桌子下面，躲在那儿瑟瑟发抖，每一根毛尖都泛着恐惧的白色。"咿咿呜呜"，它委屈地小声呻吟，吓得妈妈立刻小心地把它抱起来，检查屁股，还好没受伤。

院子门外，猫妈妈很优雅地蹲坐着，观察着里面的动静。爸爸气哼哼地拿了把大扫帚要帮冰灵打架，刚朝院子走了几步，猫妈妈"咻"的一下窜进洞里消失了。

至此，冰灵与猫妈妈的第一次交锋宣告惨败。

撞见小猫崽

从那以后，每天冰灵去院子里玩，都只到右半边嚷嚷。奔到左半边来的时候，就会在院子门前偏左的一个地方急刹车停下来，犹犹豫豫地探探脑袋，抬头闻闻味道，焦躁不安地在原地转几个圈，最后悻悻然冲着猫洞叫两声，郁闷地钻回来。

但要是我或妈妈也到了院子里，情况就完全不同了。

每次只要我或妈妈和它一起在院子里时，它就会兴奋得不得了，带头直接窜到猫洞旁边，冲着猫洞"汪汪汪"一顿狂叫。

但猫儿们总是悄无声息的。

它们潜伏在那个黝黑的深洞里，安安静静地等待着不属于猫儿的白天过去。每到夜里，家家户户的窗帘都拉上了，灯都关上了的时候，它们才会悄悄地出来，安安静静地在朦胧的路灯和黯淡的月光下漫步，安安静静地觅食、嬉戏。夜里，我们常听到微细的猫叫，"喵喵"的小声叫，那是属于夜行者的声音。那时候院子门已经关紧了，冰灵在屋内，猫们在屋外，谁也欺负不了谁。

那三只小猫崽，冰灵只看到过一次。

那天，我正在做作业，突然听见妈妈喊："陶陶，陶陶，快过来看，把我手机拿过来，快快！"我扔下笔一把抓起手机转身就奔进院子里，看到妈妈蹲在堆满杂物的猫洞旁望着猫洞上方的一个架子，冰灵在旁边转来转去地狂叫。我把手机塞给妈妈，她立刻开始拍照，指着架子上的一只小黄花猫叫我看。

小小的，缩在架子上想下不敢下的，有妈妈手掌那么大的小黄花猫崽。那么稚嫩的小猫，那么可爱的小猫哦……冰灵居然还是不敢靠近。

它色厉内茬地跳上跳下，叫得嗓子快哑了，"汪汪汪汪"叫得都快变调了，小猫崽都没理它，只是怯生生地盯着我和妈妈。妈妈转身递给我一个盆："你不是想捉它吗？快去接住它。"我刚拿稳，小猫"噌"的一下跳下来，跳进猫洞里，跑了。

我们做贼心虚，担心猫妈妈回来发现了报复，于是抱着变调狂叫的冰灵迅速回屋关上门。

小猫跳走了，但它的模样留在我心里。怯生生的，水灵灵的，好像一团云朵一样柔软。好想摸摸它，把它握在手心里……

不过，还是没我家冰灵好看。

妈妈间的默契

好看的小猫崽的妈妈，那只大花猫，是一只非常机警、聪明、健壮、敏捷的猫儿。它常在夜里出去为小猫崽们觅食，然后天亮之前回来。

但是最近，它的作息貌似有了些改变。

以前，我们几乎看不到待在猫洞外的猫儿们。但是最近，有一天上午，冰灵冲着院子的栅栏狂叫，然后被猫妈妈追得屁滚尿流，"咿咿"直叫。妈妈过来一看，冰灵立刻缩到妈妈背后，而那只猫妈妈，则嗖的一下跳回猫洞去了。

妈妈觉得有些奇怪，平时这个时候它应该早就在洞里了啊？

又过了几天，我们突然发现猫妈妈攀在栅栏上。它正要跃进院子里去和小猫们团聚，冰灵突然冲了过去，冲着它"汪汪汪"狂叫起来，边叫边跳，激动得要命，就是不敢去碰猫妈妈。

猫妈妈一下子僵在了栏杆上，犀利的绿眼睛无语地望着它眼中的傻狗冰灵。它在犹豫，是下去直截了当地把傻狗打跑再回猫洞呢，还是出去等等，等人、狗都走了再进来？

这时，妈妈走了过去，猫妈妈立刻窜下栏杆，端端正正地坐在栏杆外的草丛里。它凝望着妈妈，无言地等待着。妈妈抱起冰灵，退回屋里。于是猫妈妈跳上栏杆进了院子，飞快地跑回了猫洞，回到了它的孩子身边。

从此猫妈妈和我妈妈多了些奇怪的默契。

每当猫妈妈要回家而冰灵挡道时，它就会默默地攀在栏杆上等我妈妈。妈妈走过去，它就退到草地上，望着妈妈。于是妈妈抱起狂躁的冰灵退回屋里关上门，猫妈妈就立刻窜进院子回家喂娃。它望着妈妈的时候眼神仍然犀利，但只要冰灵不欺猫太甚，就不会再追咬它，对我们也少了些警惕。

妈妈满脸迷之微笑，笑着看看猫妈妈又看看冰灵。我看看冷静的猫妈妈，仍然读不懂它的表情。

妈妈说："一个妈妈要照顾孩子，这是最简单的逻辑，最容易明白的事由。"

妈妈和我一样看不懂猫妈妈的眼睛，但她看到的比我更多。她看到的是一个和她一样的母亲，被迫在栅栏上默默地等待。但只要危险一离开，它就会立刻飞一样地、悄无声息地去到它最宝贵的孩子身边。

所以妈妈与它达成了某种心照不宣的默契。

那是我和冰灵无法完全理解的，母亲的专利。

猫狗大战

陶妈

　　暑假里，一家子出去游玩，将冰灵寄养在宠物中心。家里没人打扰了，院子变成了野猫的天堂，它在这里安了家，生了娃。

　　其实以前，隔三岔五有流浪猫在院子里生娃养娃，我们一般都会相安无事，我妈妈还常常给它们送食递水的。小猫咪长大了，它们就不知所踪。这次来的，也不知是以前在这里长大的娃重回故地，还是曾经在这里养娃的妈。

　　最开始我发现它们是刚回来的当晚（陶陶发现猫则在更早的时候），我去院子里晾衣服，一出门，一道黑影"嗖"的一声蹿进了墙角，吓了我一跳，看体型应该是猫。我就留了心，第二天早上悄悄地在窗帘后观察，发现了两只小猫咪，一只黄色、一只黄白花。

我把冰灵的狗粮拿了一些放在碗里，搁在院子里，然后再躲到屋里观察。过了好一会儿，猫妈妈警惕地左看右看着出来了，围着碗转了一圈，看一看、嗅一嗅，低头试探地舔了两下，吃了起来。过了一会儿，黄白花率先冲出来吃，然后小黄猫也出来了，把妈妈挤推到一边去了。我正悄悄拍照，一只黑白花慢慢出现了，原来有三只！

猫妈妈看着孩子们吃得开心，一转头看到了窗子后面的我，盯着我看了一会儿，慢慢消退了几分警惕和敌意。但是我心里升起了忧虑：冰灵今天就要回家了，作为一只以前看见猫就又叫又追的小狗，它会和它们友好相处吗？

第一回合：失败

冰灵接回来了。

回到阔别十天的家，冰灵非常激动，激动得不知道做什么好：立起来扒着腿求抱，刚抱在怀里又挣扎着要下地，在你面前咕噜噜转好几个圈圈……

转了几个圈圈后，冰灵兴奋地"嗷"的一声，冲向了院子，然后只听得"汪汪"两声，紧接着便是冰灵的惨叫。我们冲向院子，只见冰灵落荒而逃、抱头鼠窜，猫妈妈在它身后追出来，还伸爪子在它屁股上拍了两下。

深爱冰灵的陶爸立时"怒"了，抓起扫把准备帮冰灵打架，嘴里还气哼哼："居然咬冰灵！住在这儿就算了，还咬冰灵！"冰灵已经吓得一溜烟进了屋躲在桌子底下不出来。

猫妈妈大概自知闯了祸，也躲进了空调架下的窝里不露面了。

第二回合：失败

色厉内荏的冰灵，第二天去院子，对左半边视而不见，只在右半边跑跳。每每跑到左半边的边界，就停住脚步，看看，想想，最后悻悻然鼻子里哼一声，回屋。

有一天早上，我和冰灵一起出门，拉开窗帘，只见猫妈妈侧卧在地，三只猫崽在它身上爬来爬去，它们一家其乐融融地嬉戏。听见我们拉窗帘的声音，三只小猫略顿，然后迅速遁去，猫妈妈直起身子，望着我们。我打开落地窗，它也立刻走掉了。冰灵对着空荡荡的院子狂吠几声，开始自己玩。

本以为就这么相安无事地分享空间就算了，可是一个午后，冰灵又在院子里发出惨叫声。我奔过来看，冰灵已经逃回来了，大概它忍不住探头探脑地去空调架下逡巡，被猫妈妈赶了出来。

本来是冰灵的天下，受宠这么久，忽然被划地而治，冰灵的小心眼儿里，大概一直在愤愤地想要收复失地呢。

第三回合：失败

一天早上，我先拉开帘子看看院子是空的，才放冰灵出去。谁知惨叫声又起，我急匆匆地冲过去看，只见猫和狗狭路相逢，猫抡起爪子左一下右一下，冰灵就一边发出"吱吱"的惨叫声一边从猫爪子底下往外钻。我冲出来呵斥猫，猫迅速地蹿上栏杆跳了出去。

检查了一下，冰灵似乎也并没有受什么伤。

我转身往外看，老猫蹲在院子外面，直勾勾地盯着我。"你好好地老挠它干吗呀？就不能和平相处吗？它就是叫叫，又不咬你，又打不过你。"我也是无奈，说了它几句，也不知道它听不听得懂。

老猫蹲在外面虎视眈眈，我怕冰灵吃亏，就留在院子里浇花、打扫，主要是维和。一瞥眼，发现花坛里有一只直挺挺的死老鼠！

我的手脚一下子就有些发软，脑子里却东想西想："这肯定是老猫带来的！带来喂娃？太重口味了吧？训练娃？刚才跟冰灵打架是怕它抢？幸好我比冰灵先看见，谁知道这玩意儿是怎么死的呢？万一是吃了老鼠药死的呢？没有伤口，难道是直接被猫吓死的？不管怎样，赶快处理掉！"

每日的攻防战

除了这三次大战，冰灵和老猫每天还会上演好几次的攻防战。

老猫要安顿小猫，又要出门觅食，一天进进出出好几次。有一次，被冰灵看见它探进了头，冰灵立刻狂叫起来，飞奔到院子里，仰着头叫。老猫的头和一只前爪已经探了进来，身子还在外面，被冰灵叫得僵在那里，似乎在犹豫进来跟狗打一架呢，还是退回去再找机会进来？

我走了过来，猫退回去了。

它蹲坐在院子外面的草地上，看着我。

我看不懂它的眼神，但是一个妈妈要照顾孩子，这是最简单的逻辑，最容易明白的事由。

我进屋，把冰灵召唤进来，眼角余光中，老猫灵活地攀上栏杆，扭身跳下，悄悄地回到了它的孩子们身边。冰灵则没事一样继续在屋里颠着小碎步玩球去了。

这样的攻防战每天上演好几次，老猫也似乎与我达成了某种默契，只要冰灵发现了它，它就退出去，等我把冰灵叫进屋，它再悄悄地进来。

也许从某天开始，攻防战不再上演了，那就是小猫们都长大了，有能力跳出栏杆，去自由的天地，过自由的生活了。

那时，冰灵的领地，就算真正"收复"了。

我和皮皮捡到了斑斑

陶陶

捡到斑斑

最近有一天，我表弟皮皮人品大爆发，捡到了他的斑斑——一只一两个月大的流浪小狗。

那天下着雨，我和皮皮刚在黄兴体育公园游完泳。在洗完澡、换好衣服准备从游泳馆回家时，我突然听到皮皮在游泳馆的后门口喊："姐姐，快过来看！"

于是我走了过去，绕过他激动得正在颤抖的身子，看到一只浑身湿透的黑棕色小奶狗，蹲坐在游泳馆后门的雨棚下面，正舔理身上湿漉漉、脏兮兮的皮毛。我走过去抚摸它的脑袋，它没躲闪，只是望着我的手。它那两只黑色的眼睛嵌在棕黑色的皮毛里很不显眼，但非常明亮。

然后皮皮走近那只小家伙，伸手去捋它背上黏结在一起的一绺一绺的毛。它抬着脑袋轮番嗅着我和皮皮的手，黑黑的小鼻子又湿又软，很稚嫩。皮皮又向它靠近了一步，它有点害怕，往后躲了躲，退了好几步，站在一片开阔地上，似乎要离开了。

再迟疑它就走了。我没忍住，跑到了它身后，轻轻揽住小家伙柔软的身体，轻轻把它抱起来，它似乎不怎么反感。于是我把它交给了皮皮，皮皮一把抱住它，再也不放了。

妈妈很奇怪地走过来问我们在干吗，怎么还不走。我侧了侧身，皮皮转过身来，亮出怀里那个湿漉漉、脏兮兮的黑棕色的小毛团。妈妈"哦"的一声笑了，望着那小奶狗笑笑，又看看皮皮，说："真可爱，把它放回去吧。"

但皮皮说："阿姨，我要养它。"

他一副很坚定的样子，紧紧抱着小狗站在游泳馆前台旁边的大厅里，好像整个大厅的灯光都为他和他的小家伙而亮。那小家伙身上的泥泞蹭在他身上，狗毛上的雨水浸在他的衣服上，他都没感觉到。我觉得他唯一看到的就是他怀里这只歪着脑袋打哈欠的小狗。

妈妈笑着在微信里跟皮皮的妈妈，也就是我的阿姨，说着这件事。过了一会儿，手机里传来阿姨的声音："那好吧，先

去给它洗个澡吧……娘呀！"

于是皮皮带着他的小狗去了宠物店，洗了澡、驱了虫、剪了指甲、打了针、确定了性别和品种，并给它起了名字——斑斑，陈斑斑。

他就那么捡到了它，把它当作他的女儿一样照顾着。

我感觉这一切，神奇得像梦一样。

饥饿的斑斑

给斑斑洗完澡，我、妈妈和皮皮带着它回了我家，让小斑斑第一次见到了它的冰灵姐姐。

然而，冰灵一见斑斑就开始狂叫。它绕着斑斑拼命叫嚣，斑斑却理也不理，显出一种见怪不怪的样子，还好奇地轻摇着尾巴上前嗅闻冰灵的鼻子，把冰灵吓得连连后退，直往桌子底下钻。皮皮伸手把斑斑揽到身前，捋着斑斑的毛，饶有兴趣地看着狂叫的冰灵。过了一会儿，冰灵叫累了，渐渐停了下来，趴在桌子底下警觉地观察着斑斑，而斑斑则在皮皮的抚摸下露出肚皮，让皮皮喜不自胜："它这么喜欢我！"

皮皮揉着它柔软的小肚子，看着它歪着脑袋趴在他腿上，眼睛一眨一眨的。又过了一会儿它就睡着了，睡得不怎么老实，时不时划拉几下爪子，给人感觉像是在惊恐地奔跑，好像在梦中回到了那艰辛的流浪生活。

皮皮无比心疼地抓了一大把冰灵的狗粮，哗啦啦倒在一个小盆里，端给他的斑斑吃。那小家伙看到食物眼睛立刻亮了，笨拙地迈着稚嫩的小肉腿冲到食盆前，脑袋一拱，大嘴一张，瞬间就把整盆狗粮吃干净了。我望望桌子下趴着的娇小姐冰灵——它吃狗粮都是一粒一粒地嚼，吃的量还不及斑斑吃的一半，而且还经常剩下——感觉捡来的流浪狗和从小浸在爱里长大的宠物狗，还是很不一样的。

看到斑斑这样饥饿，皮皮更加心疼了，他又去找来各种各样的狗的食物来喂它。斑斑来者不拒，只要给，就通通吃光，不一会儿已经吃得肚皮圆鼓鼓，像吞了只大皮球。我伸手摸摸它的肚子，吓了一大跳："它肚子怎么这么硬邦邦的！"于是妈妈和阿姨也来摸，摸得一身冷汗："它不会是生病了吧？"吓得她们立刻抱上它冲去宠物医院检查。皮皮也吓着了，一直待在客厅等着妈妈和阿姨把他的小女儿斑斑安然无恙地带回来。

过了很久很久，妈妈和阿姨哭笑不得地带着肉鼓鼓、沉甸甸的斑斑回来了。原来斑斑的大肚子是吃东西吃撑了……过惯了饥一顿饱一顿、饥寒交迫、颠沛流离生活的小斑斑初到天堂，还以为食物像以前那样无比珍贵、无比难求呢。

皮皮更加心疼这个坚强的小东西了，但为了避免把它撑坏，皮皮不敢再喂它吃那么多东西了。他只好轻轻地揉它胀鼓鼓的肚子，轻轻地挠它长着柔软绒毛的脖子，轻轻地抚摸它小小的身子，轻轻地把对它的爱融在那双手里，揉搓在它每一根毛上，留下一股温馨的气味。

小东西慵懒地瘫在地上，亮亮的眼睛凝望着皮皮的手。

那双带给它温饱、希望和爱的小主人的手。

它不知道，在它身后，孤苦无依的流浪生活刚刚画上句号；在它面前，一个温暖的家正在向它张开怀抱。

斑斑和冰灵

陶陶

斑斑刚和冰灵见面的时候，体型和冰灵差不多大。

当时，1岁的冰灵姐姐冲着3个月的斑斑狂叫不已；斑斑默默地趴在旁边，胆怯地打量着冰灵。

冰灵狂叫，用叫声掩盖着自己的恐慌。它色厉内荏地作势咬向斑斑，却连斑斑一根毛还没有碰到就缩了回去。它不习惯，它害怕，它想知道，为什么自己的家——自己的领土会被一只外来狗侵犯。它探询地抬头望着我和妈妈，眼神好像在说："你们不是知道我怕别的狗狗吗？为什么它会在这里？"

斑斑静静地缩在一角，它很迷惑，但按照以往流浪的经验，它聪明地选择了一声不吭。它已经被收养又退回了六次，它不知道这一次的命运是什么样的,它只知道自己想要幸福、想要爱,所以学会了安静、学会了感谢、学会了给人帮忙,却唯独无法拥有冰灵那样的容貌和娇小姐才有资格的撒娇。

斑斑只学会了乖巧,只学会了令人心疼的乖巧。

斑斑刚和冰灵见面的时候,我看到两只小傻狗。

斑斑第二次和冰灵见面的时候,它变成了四个冰灵那么大。

当时,1岁3个月的冰灵姐姐冲着6个月的斑斑仍然狂叫,却退得远了一点。斑斑谨慎地趴在冰灵面前看着它叫,胆怯淡了些,不仅是因为长大了,更因为有了依靠。

冰灵狂叫,叫声中的恐慌包含着恼怒和无助。妈妈和斑斑的主人皮皮,还有皮皮妈妈,都笑吟吟地看着它和斑斑对峙,并不理会它完全真实的恐惧和不平。它不知道斑斑为什么回来,为什么会侵占它的地盘,用它的碗吃它的狗粮,最令它愤怒的是——夺走了它的爱。妈妈,阿姨和皮皮都在抚摸斑斑、拥抱斑斑、尝试扛起斑斑,他们没有来理会冰灵的恐慌。它装得很强势、凶恶,但它无助、绝望、忧郁、愤怒,它孤独地躲在桌子底下垂着眼帘,无比沮丧。

即使你们想要补给斑斑缺失了半个童年的宠爱,也请别冷落了这个家真正的主人。

我钻到桌子底下,它不停地后退,不肯出来。我把它硬抱出来,走进卧室关上门,它就蔫蔫地趴在我腿上。冰灵不会说话,不会倾诉,也许它根本不知道自己忧伤的原因是什么,它只知

道门外那只黑黄色的狗狗夺了它的地位和宠爱，那只狗狗正摇着尾巴享受着本属于它的温柔。它不会表达，只好静静地趴在我腿上，雪白的脸颊埋在雪白的一对前爪里面。

斑斑没有恶意，它快乐得要飞起来了。它在艰苦的流浪中挣扎着度过了生命最初的几个月，然后就掉进了遍地鲜花、天堂般的世界。它第一次意识到自己也能遇到真正的爱，可以尽情地享受善意的抚摸，可以不用担心温饱，不用担心痛苦，不用担心孤苦无依。它发现有人会珍惜它、宠爱它、相信它，它可以完全地信任那些人，并明白他们会永远陪着自己、爱护自己。

斑斑正享受着江海一般无边的、浩瀚的快乐。

斑斑第二次和冰灵见面的时候，我看到的是一个仍是宝宝的大姐姐和一个壮实的狗妹妹。

斑斑来了

陶妈

2017 年 8 月 21 日，斑斑来了。

斑斑是一只黄褐黑三色交杂的小奶狗，大约 2 个月大的样子。那天陶陶和皮皮一起去游泳，临近中午的时候下了好大一阵暴雨，地上都积了水，公路也成了一片汪洋。

游完泳，雨也停了。我在前台办完手续，叫他俩走，他俩却蹲着不动。我有点奇怪，走近来看，皮皮怀里抱着一只被雨淋湿的小奶狗。小狗看起来可怜兮兮的，两只前爪搭在他胳膊上，一动不动的。皮皮低头看着它，眼睛里充满了爱意，他说想养这条小狗。

可我也不能答应呀。

只好给他妈妈打电话征求意见，并发了照片过去。他妈妈在电话里的态度真是"千回百转",最后化作一句"好吧,先去洗澡"和一声叹息。后来她说:"我要是拒绝了不是显得心太狠吗?怕会被儿子拿来说一辈子的。"

我转达了皮皮妈妈的"接受",两个娃顿时欢呼雀跃起来。去宠物医院体检和洗澡的路上,他俩就开始了一系列的讨论:

"给它起个名字吧,叫点点。"

"不,叫斑斑。"

"它身上有金色的斑点,叫金斑吧?"

"陈金斑,不好听,就斑斑吧。"

"它是个男孩还是女孩呢?"

"看起来像个男孩。"

"那我就是它爸爸,你应该是它什么呢?"

"是姑姑!"

"你是冰灵的妈妈,我是冰灵的舅舅。"

"冰灵是它姐姐。"

"冰灵有弟弟了。我终于有了自己的孩子!"

小奶狗,现在应该叫斑斑了,自始至终,没有一点声音。

它脸上的毛发很茂盛,遮住了眼睛。两个小家伙热切地讨论着,我却在想着更现实的问题:身体健康吗?身上有虫吗?有没有传染病?怎么没声没息的?眼睛不会有问题吧?

还好,医生说它只是淋了雨,又冷又饿,所以没精神。洗了个热水澡,吃了一点狗粮,皮皮抱着它开开心心地回家了。

冰灵初见

听见我们开门的声音，冰灵欢欢喜喜守在门口等。

门一打开，白色的小身影就跳了起来，亲亲我们的脚，又迅速跑开，在前面滴溜溜打一个转，又跑回来，兴奋地发出"哈哈哈"的声音，然后——

它发现了斑斑！

冰灵一下子紧张起来，冲着斑斑"汪汪汪"一顿狂吼。斑斑在皮皮怀里，依旧呆呆的，不为所动。

皮皮抱着斑斑坐在沙发上，冰灵见自己的示威没有奏效，就躲进了桌子底下。

我忧心忡忡地看着斑斑，真担心它给孩子们带来刚得到就失去的巨大的悲痛。

吃货本色

皮皮把斑斑放在地上，它趴了一会儿，开始试探着走路，摸索这个新环境。

很快，它就发现了冰灵的食盆，一头扎进去，冰灵要花一整天吃掉的狗粮，它几秒钟解决了。我都没听见咀嚼的声音，狗粮好像被吸尘器吸掉了一样！想想冰灵，是一粒一粒吃的，一粒都要吃老半天，斑斑的进食速度真是令我惊讶！

下午皮皮妈妈到我家，见到了斑斑，第一眼就觉得它的肚子大得不正常，摸摸，硬邦邦的，整个身体呈梯形。上网查一查，都说小狗崽肚子大可能是有寄生虫，我们立刻紧张起来，带斑斑去大医院做进一步的检查。

抽血、拍片子，结果大跌眼镜：吃太多了！

回到家，皮皮也在紧张地等消息，一听医生的结论，瞬间放松。陶陶在一旁笑，说刚才斑斑吃冰灵的狗粮，皮皮一看它爱吃，立刻给它倒了满满一盆！

斑斑来到皮皮身边的第一天就这样以"大肚子"结束了。

后来的日子，它一天天地展现了自己的吃货本色。不管在做什么，只要看见有人坐下来，或者嘴里有声音，或者有塑料包装袋的声音，它立刻就摇摇晃晃地跑过来了。有时稚嫩的脚步满足不了急切的心情，它就一路跑一路摔一路滚地过来，脑袋急切地拱来拱去，或者瞬间直立，两只前爪抓住主人的手……

给它往食盆里放狗粮，每次都是手还没缩回来，食盆里已空，简直让人有点恍惚：我是不是还没放狗粮进去？

而且，它似乎永远都吃不饱，食物不"光盘"，它就不会停下来，哪怕肚子已经饱胀如鼓。

大家都说，这是它的流浪狗生涯带来的印记，食物短缺、朝不保夕，所以它才会这么一直不停地吃吃吃。可是它才最多2个月大，应该还是吃妈妈的奶、由妈妈喂食的年纪呀，短短的几十天，这世界给了它多少恶意。

"还好，它幸运地遇到了皮皮。"大人们都这么说。

"遇到了你我真是太幸运了！"皮皮对斑斑说。

冰灵与皮肤病

陶陶

冰灵又病了——在这夏转秋最惬意的时候。

2017 年 9 月 7 日，我和妈妈发现，冰灵的右前腿上长了两个小红包。我们把冰灵抱起来，拉着它的腿检查，它很不高兴地龇牙咧嘴地挣扎，"呜呜啊啊"地撒娇。检查完，它就立刻把脑袋拱了过去，趴在沙发上不停地舔啃那两个小包。它精神好像没问题，也没有别的不对劲的地方，于是我们就没管，让它自己恢复。

但是又过了几天，妈妈抚弄冰灵的毛的时候，摸到它背上层层叠叠的毛层深处有一个小包。她翻开毛层，看到冰灵的皮肤上又有一个小包。冰灵一扭身子跑掉了，留下隐隐不安的妈妈。

从那以后，我几乎每次抚摸它的时候，都能从它厚厚的毛丛里找出一个新的小红包，与此同时，它前腿上的小包也越来越大、越来越红。

冰灵开始喜欢在沙发上蹭痒，还经常蹭我的手，要我给它搔痒。我慌了，妈妈也担心，她带着它去了宠物医院——它最害怕的地方。

那次我因为学习忙没跟着去。

她们回来的时候，我惊讶地发现，小冰灵失去了雪一样的长毛，只剩下一层短短的绒毛，皮肤上嵌满了大大小小蘑菇一样的红包。

妈妈说冰灵生了皮肤病，有真菌感染了它的皮肤，所以长了包包——俗称体癣，类似脚气。

我心疼地抱起冰灵。

妈妈说："快放下！心疼？你再心疼也不许抱它、亲它——它身上涂满了药。"

妈妈说，冰灵的皮肤病可能是有一次在家洗澡没彻底吹干毛，然后她转身进了厨房，心里充满了自责。关上厨房门的时候又转身喊：不许抱！放下！

可是冰灵一直扒着我的腿，还往我身上跳。它在医院里一定恐惧得快崩溃了，在医生手中一定一直无助地哆哆嗦嗦。

它认得那个地方的，它以前受伤就是在那里治病的。它一定记得那种惊恐的感觉，记得自己曾在冰冷的蓝色笼子里瑟缩着。

它想让我安慰它，想让我把它抱在怀里，想要耳朵贴在心口数我的心跳，想要把失去毛发的郁闷和刻骨铭心的恐惧诉说出来，然后听我告诉它，一切都好了。

我忍不住想抱它，可是又不能抱。

它又用力一蹦，我就势揽住了它的两条前腿，把它捞到了怀里。没有了毛发，它的皮肤几乎直接贴在我身上，我能直接感觉到它身体的热量。它的腿那么纤细，身体那么瘦小，我能直接看到它胸口微微凸起的肋骨。

它疯狂地舔我，疯狂地在我身上蹭痒，还"哈哈哈"地张大嘴巴伸着舌头。蹭了一会儿它累了，直接靠在我的肚子上趴了下来，抬起脑袋望着我。

"你干吗？我不是说过别抱它吗？"

妈妈突然又过来了，很气恼地质问我。"可是它那么可怜、那么可爱，在医院里受了那么大的惊吓，它多需要一个抱抱。"我抱着全身长满红包的小家伙跟妈妈解释。妈妈命令我放下了冰灵，但是她的眼神中没有责备，我知道她也会抱起它、安慰它，如果她不是个冷静的大人的话。

冰灵一下来就又黏到了妈妈脚边，妈妈没抱它，转身走进了厨房，严厉地把它赶了出来，然后关上了厨房的门。

冰灵开始舔自己的包。那些小包是粉红色的，脚上的和屁股上的已经被它啃破、蹭破了，背上几个大包也很严重。没有了毛发的遮盖，它们看上去很恶心，摸上去又肿又硬。它们固执地跟随着冰灵，种在它的皮肤里，好像雾霾遮住蓝色的天空一样。

为了防止它啃舔自己的小粉包，我们给它戴上了防舔头套，它的脑袋被束缚在那个圆圆的织布伊丽莎白圈里，脖子上的毛都被卡得凌乱，无奈地趴在那里。它可怜巴巴的眼神里闪烁着委屈，它又不知道是什么困住了它的自由和快乐，把它又带给了宠物医生。

我恨死了那些小包。

晚上七八点的时候，妈妈叫我捉住冰灵——该喷药了。冰灵好聪明，它仿佛知道妈妈手中那瓶银色的小喷雾剂意味着什么，在桌子底下和沙发背后灵活地窜来窜去，我好不容易才捉住它。

它可怜巴巴地挣扎，"呜呜啊啊"地叫，但它身上密集的小红包无时无刻不在提醒我，它需要被捉住、被治疗。那些触目惊心的小红包在折磨着冰灵，像寄生虫一样在剥夺它的快乐和健康。

妈妈好像也恨透了那些包，每次都会用喷嘴瞄准半天再喷，喷的时候拇指按得又狠又重，再加上乳白色的喷液在红包上四溅的雾气弥漫，我感觉她好像开了一枪一样。

冰灵每次"中弹"，身体都会一哆嗦，还会发抖，在我怀里颤抖不停；而全身的包都喷完后，它几乎整个身子都会湿透，又紧张又寒冷，哆哆嗦嗦、委委屈屈，还拼命甩毛蹭舔身体，弄得身上那层仅存的绒毛都凌乱成一绺一绺的。

它看上去那么小、那么轻、那么脆弱。

大概一个星期后，妈妈来学校接我放学回家时，我发现冰灵被带到了车上，脖子上围着围嘴一样的防舔头套，扒着车窗兴奋地望着外面。我一坐进车里，它就快乐地蹦到了我腿上，靠着我的胸口蹭来蹭去，还想舔我的脸。但它一点也不知道自己之所以和妈妈一起来接我是因为它又要打针了，这辆车是要载着它去它的地狱——宠物医院。

但它那么聪明，聪明得让人心疼。

它张着嘴哈着气，兴高采烈地趴在车窗上看外面的景物，看着看着就不作声了。渐渐地它往后收了爪子趴到座位边缘，蜷成一团，把口鼻埋在两爪之间，白色的眼睫毛轻轻地抖动，好像在逃避自己的恐惧。

等到了目的地，我推开车门，把它抱起来下车的时候，它一下子猛烈地颤抖起来，两只前腿狠狠抓住我的手臂，两只眼睛紧紧盯住宠物医院那熟悉的招牌和窗户。

我抱着它一走进医院，就听见一阵撕心裂肺的狗叫声，平日爱叫的它却一声不吭，只是扭头看看宠物住院寄养区玻璃门里的蓝色铁笼，然后身子又发出一阵让人心碎的颤抖。

我抱着它走到宠物医院内的凳子上坐下，等着医生来给它打针。

一个高高壮壮、穿着蓝色长袍、戴着蓝色口罩的医生走过来，手里握着两支针管和一个蓝色的小药瓶。他伸手把冰灵揽过来，捏起它的后颈皮揉搓了一下，把针头轻轻扎了进去。

冰灵身子悸动了一下，一丝几乎听不到的呜咽随着药液的射入从它嗓子眼里透出来，直到针头拔出才一下子消散。医生用棉花按住针眼，又伸手捏了捏它背上最大的那个包，皱了皱眉，走了。冰灵的抖动变得轻微，它似乎在庆幸自己没有经历更恐怖的遭遇。

我抱着冰灵出了医院，我们都一下子放松了，它懒懒地歪在我怀里，全身瘫软，脑袋随着我的步伐而慢慢抖动。一到车上，它马上就乖乖地躺在我脚边，立刻就闭上眼睛安心地睡着了。

妈妈说，那药里有镇静剂的成分。但我不相信它只是因为这个才会这么快进入最深沉的梦里。

经过多日坚持不懈的喷药，冰灵身上的包包渐渐地变小、消失了。那触目惊心的红色不甘地褪去，留下一片垂死挣扎的灰。它的雪白的毛又慢慢长长了，在静默中悄悄盖住了只覆了一层绒毛的皮肤，它又变得像一朵小云那样活泼和轻柔。

这朵小云像从前那样天天上蹿下跳，欢快地在院子里还未枯黄的草丛中忘情地奔跑。它跑得越来越快、越来越轻、越来越快乐，冲出病痛、冲出恐惧、冲出颤抖的脆弱，让那些令它讨厌的、令它困惑的烦恼和痛苦遗留在黑色的泥土里，沉淀在地底。

冰灵得了皮肤病

陶妈

转眼快一年了，冰灵还在吃健肤的处方粮。后脖颈偶尔仍能触碰到硬硬的一小块，拨开长长的毛，可以看到一小块"空地"，说是空地，上面也长了毛，但是似乎不太会长长了，短短的，像个小盆地。

这是去年9月皮肤病的遗留。

2017年夏天，冰灵来了个网红狗俊介的造型，显得非常俏皮伶俐，像个调皮的小男孩。它也真的像个调皮的小男孩一样整天在家里上蹿下跳、东钻西寻，后来被它寻到了一块"隐身"的好地方，那就是我们的床底下。

床底下原本是有两个收纳的大抽屉的，我嫌上海的天气易潮，把抽屉取出来搁置不用了，这样就有了一个黑黢黢的大"山洞"。冰灵第一次钻进去的时候，我到处寻它不着，急出一身冷汗，陶陶叫它名字的声音都变了调，结果老半天之后，它晃晃悠悠地从床底下探出了小鼻子。

后来这里就成了它常来的地方，甚至陶爸还曾经给它铺了个垫子，说它这么恋主，以后就让它把这里当卧室吧。

因为是夏天，它的毛短，我也常常在家里自己给它洗澡，它并不很抗拒洗澡，只是很不高兴吹风，一吹就逃跑（跟陶陶一样）。

到了9月的时候，冰灵的毛已经长得挺长了。有一天在家里洗完澡，正要给它吹干的时候，它又想跑，我一手按住它，一手拿电吹风，一时没注意，它就溜了。看看外面阳光灿烂，炎夏余威犹在，我就没再去捉它回来。

9月中旬的时候，某天陶陶在跟它玩，忽然叫道："妈妈，你看冰灵脚上有个红点点，是不是受伤了？"

我连忙过来查看，红红的一个小斑块，上面没有毛，很像被蚊虫叮咬的，难道在草地上招了虫？于是继续查看其他地方，发现腿上有两三个，背上也有！正好那段时间网上到处都是关于蜱虫的消息，我有点慌，一边带它去医院，一边在手机上查看有关信息。

家门口的宠物店排了好几只小狗等着洗澡修毛，估计要等两个小时，而我又急着要给它修毛查看，于是决定直接去宠物医院。

医生看了看，说这个还不能确诊，可能有好几种情况，就先给它剃掉了一条腿上的毛，在红斑块上刮取皮肤组织，在伍德氏灯下观察有没有真菌。最后确定有极少量小孢子菌，应该是由温暖潮湿的环境引起的。

治疗方法是药浴＋外喷特比萘芬。

第一步当然是把毛完全修掉，这样才能方便喷药和让药液作用于皮肤。没了毛的冰灵看起来异常的小，细细的四肢惹人怜爱。修掉毛才发现，它身上起码有 9 个或 10 个小红包，难怪这几天它特别爱挠那几个小红包，这无法言说的痒该有多难受呀。

戴上了伊丽莎白圈（防止它啃咬痒痒和喷药的地方），穿上了小衣服，冰灵爱睡觉的沙发也罩上了防护罩，一天三四次喷药，一周泡一次药浴，狗粮也换成了健肤处方粮，冰灵又成了小病号。

不过这次，小病号没心没肺的，整天还是傻乐。

秉着治病须根治的原则，外喷的药一直用掉了四瓶才停止，药浴也泡了大半年，冰灵身上的红斑渐渐消除，斑块上的毛也慢慢长回来了。

不管孩子还是小狗生了病，做妈妈或保姆的人总是免不了不断地反思、内疚、反省、懊恼：到底是什么原因？到底是哪里出了问题？是因为它老睡在床底下，床底下太潮了？还是因为上次洗澡没有彻底吹干？

所以直到现在，我们房间的空调夏天只开除湿模式；不管天有多热，我都会送它去宠物店洗澡，交给专业人士、专业设备打理；每次摸它的时候，都会不由自主地去检查当初的小红块还在不在、有没有长毛；狗粮一直吃健肤的处方粮；床底下，白天钻进去玩玩可以，晚上一定要抱出来，禁止在里面睡大觉。

所以，生命的健康成长是多么不容易的事啊，套用一句流行语送给女儿："你跟冰灵欢快嬉闹的时候，要知道，哪有什么简简单单的岁月静好，是因为有人（就是我）替你负重前行了。"

冰灵与药

陶陶

冰灵小时候身体弱，经常生病，也就经常要去医院。

它已经认识去医院的路了——一开始，我抱着它坐在车上，它兴奋地在后座转来转去，趴在车窗上看风景，冲飞驰而过的车和甩在身后的绿化带狂叫。但走到半路它就会安静下来，从车窗上退回，端坐在我腿上，慢慢地安静下来，落寞又恐慌地盯着外面。快到医院的时候它就开始颤抖了，下车时在我怀里一声不吭地狂抖，并不锐利的爪子紧紧地抓着我的胳膊，紧张极了。一般它看到陌生人都会很警惕、很凶，发出"呜呜"的低吼声，但看到宠物医生、闻到那股医院特有的混着无数宠物体味的消毒水味，它就慌得不知所措，完全忘记了威胁或逃跑，只剩下恐惧了。

经过诊疗，医生们就给它开药。有的药是涂的，像它当年受伤断了前腿时，抹在伤处的药。有的药是喷的，像生皮肤病的时候，把杀菌药喷在那些红色小包包上，那药水流着白色的泡泡。还有吃的药，有固体的内驱虫药锭，也有液体的药水，那内驱虫牛肉粒药锭是它最喜欢的一种药，而要吃进肚子里的咳嗽药水则是它最讨厌的一种。

要给它吃或抹它讨厌的药，简直像打仗一样。

它骨折时是住院的，所以给冰灵吃药、涂药就由训练有素的医生来做，我们不用操心，但出院以后我们就得自己在家想办法喂它了。驱虫药锭是一块牛肉，不用我们强迫，它自己就会吃，而且会吃得很开心，但咳嗽药水就不行了。一开始，我们是直接抓住它，把装了药水的塑料针管（针不细，不扎狗）往它嘴里塞，它就一边挣扎一边把嘴闭得紧紧的，脑袋以脖子为轴心做圆周运动，我们怎么塞都塞不进去。有的时候，好不容易把药管塞进去了，刚一推药液，它就"噗"地把药管吐了出来，结果浅粉色的药液划过一条弧线淋在毛里，药没吃成，还得擦洗，把我们气个半死。

妈妈尝试过拿一块火腿肠或牛肉，挖开里面把药水倒进去喂它，它兴致勃勃地把边缘全啃掉了，留下中间盛着药液的部分，我们惊叹于它的聪明又拿它没办法。

妈妈又试了试它很喜欢的煮蛋黄，捣碎了拌着药水给冰灵吃，它闻一闻就走了。

我提出用酸奶这样的液态诱饵，妈妈就把药水倒进酸奶里搅匀给冰灵。冰灵吧唧吧唧舔酸奶，舌头稍稍碰到匀了药水的部分，就立刻不吃了，迷惑地嗅嗅酸奶，抬头看看妈妈，又嗅嗅酸奶，迈着小步子倒退着躲到茶几底下了。

还是只好钻到茶几底下把它捞出来硬灌。

七灌八灌灌不进去，它小嘴跟缝起来了似的，撬都撬不开，用力抬头时眼睛里一副死磕到底的架势，有时候还"呜呜哇哇"威胁我们。向宠物医院咨询，医生做示范，它很配合地在人家怀里乖乖地张嘴、吞药，一点儿都不费劲。

"原来你是恃宠而骄啊！"妈妈笑它。它继续闭着嘴挣扎。

医生说，小狗两边嘴角是软的，而且没有牙齿，让我们从它嘴角塞药管试试看。

第一次尝试是一次大成功，冰灵看看妈妈摆弄它嘴角，没什么威胁，就软下来让她随便摆弄。它大概以为是在和它玩儿了。

然后猝不及防嘴角一凉，一药筒的药都灌进了它的嘴，"咕咕咕"地就吞了下去。它气坏了也委屈坏了，脚一蹬，从妈妈怀里跳了出来，愤怒地跑了。

躲在桌子底下哼唧了半天才被一根儿狗咬胶哄出来。

后来每次把它抱来喂药吃，它都会把脑袋钻到妈妈胳肢窝里，一个白白的后脑勺露在外面。这时候你到它藏起来的小脸前面，无论怎么摸它的小嘴儿，捏它的小鼻子，它都不会把脑袋露出来。所以，每次喂药，妈妈都会叫我或者爸爸来把它按住。

　　每天早晚被强迫灌药，它在病好了以后还有好长时间的心理阴影。那段时间我们怎么喊它，它都缩在桌子底下；一抱住它，它就把脑袋缩到胳肢窝里。那段时间它总是警惕的——即便是对我们。

　　我特别、特别担心它从此再也不会出来，再也不会信任了。每次一看到它缩在桌子底下趴着的样子都会觉得很心疼，同时又心怀内疚。

　　幸亏它太简单。

　　小狗最让人怜爱的就是太简单，没有任何心机，就是谁对它好它就喜欢谁，而且巨大的伤害可以忘记，巨大的爱却绝对忘不掉，它们总能原谅。冰灵很快就恢复了，只因为药没了，大家也不再逼它吃药了。它很快忘掉了那段时间的"被逼"经历，作为当事人，却比我们忘得都快。

　　但很快，皮肤病又使它不得不再次用药。

　　这一次用的是那种喷的杀菌药，有一股清新的气味。乳白色牛奶一样的药液喷在它的小红包上有一种舒畅感，好像拍死了一只嗡嗡作响的蚊子。当时它全身上下有十几个包，全身喷完后它整个身体都是湿漉漉的。我们专门给它戴了伊丽莎白圈来防止它舔咬那些包。

　　对于它来说，这其实是非常痛苦的，因为全身的包都在痒痒，却连挠一挠都做不到。它不戴圈时脚上的红包痒的时候都是拿牙齿去蹭，而现在它只能用身体在一切可接触到的物体表面上（沙发、门、地板……）狂蹭来解痒了。尤其是喷完药以后，虽然药物并非刺激性的，但凉凉的药液接触它的皮肤肯定会让小红包变得更痒，它在沙发上狂躁地变着法儿打滚狂蹭的时候，身上该有多难受。我们也只能把它抱起来，拍打它的小红包来帮它解痒。

所以，它也很讨厌喷的药剂。

以前我们抓它来喷药的时候它不抗拒，因为它分不清我们是要喷药还是给它拍打小红包解痒。但后来它摸着规律了，每当晚上七八点的时候，也就是我们喷药的时间，它就会早早躲起来。好不容易把它找到抱出来，妈妈会解掉它的伊丽莎白圈露出脖子上的包，然后从上到下、从前到后一个不漏地喷。它会挣扎，但我会握着它的前胸不让它跑，但它也时常能挣扎着扭动几下让妈妈喷歪。记得有一次它挣扎时后腿猛地一蹦转了个圈儿，结果妈妈喷了我一手臂的药水。

我们也想过先喷在我们的手上，再抹到它的小包上，想想那岂不是更痒，于是作罢。

后来它的小红包慢慢消失了，从红到粉红，越来越小、越来越透明。只有一个地方——它脖子靠后，接近脊梁的地方，还留了一个浅浅的痕迹，那本来是一个最大的包。长毛时，那个痕迹完全看不到，但掀开被毛，仔细看还是能看见。那片粉色的浅浅隆起上一直长着又短又薄又软的白毛，但始终没有长长，宠物医生说还在长。

它自己也还在长，越来越健康，越来越强壮，现在它能直接跳上沙发、从床上跳下来。它受过的伤、吃过的药都已经成为它身后的脚印，也许就是要这样受点苦才能长得更茁壮。

我希望它都忘记了，希望它不再记得去那家宠物医院的路，忘记它被牢牢抓在怀里硬灌药、硬涂药的那些经历。就让冰灵好好长吧，等到那个疤痕也消失，它永远是一只健健康康、矫健灵活的小家伙。

冰灵吃药记

陶妈

冰灵2岁了,过去的这一年,对它来说真是多病多灾的一年,吃过药、打过针、输过液、做过手术,骨折、胰腺炎、感冒、咳嗽、皮肤病,短短一年经历了许多。

骨折住院的时候,吃药、打针都由专业人员来做,我们也就是每天下午过去看看它、抱抱它,一切还比较简单。后来出院不久,它就得了胰腺炎,只得每天去医院输液,回家来还得吃药,喂药就成了家里一项艰巨的工作。

虽然那时它只有半岁,但也是牙齿尖利的小狗呀。我刚开始是有点怕的,用针管抽取了药液,怎么弄都弄不进它嘴里,我急得一头汗,它急得直哼哼。

后来一位有多年养狗经验的老阿姨跟我说:"狗狗嘴角两边是没有牙齿的,而且容易有缝隙,从这个角度比较容易把药塞进去。"之后又去宠物医院看到了医生喂药的示范。

于是我就这么做,成功了一次,冰灵满怀信任地任我拨弄它的嘴角,然后在猝不及防之下被灌了一喉咙药。可是一次成功之后,它就长了心眼儿了,我再来动它的嘴角,它就一头钻进我腋窝下,再也不把头抬出来了。

其实那药是微甜的,听说有的狗狗还挺爱喝,甚至主动喝的,但冰灵不肯,大概自尊心颇强的它不肯"被动"地喝。(博美犬是比较傲娇的,想玩就会主动来找主人,没心思玩了掉头就走,扬长而去。)

它开始有了戒备心理,我没法突然袭击了,只好请家人帮忙配合,一个抱持,一个喂药。无奈家里人都非常"心软",抱持不住,它一挣扎,他们就放手,美其名曰"不想跟它'结仇'"。合着就我一个是"坏人"?

偏偏冰灵最信任和喜欢"坏人"。

药还是得吃呀!我买来了火腿肠,中间掏个小洞,把药挤进去。冰灵嗅到了火腿肠味,兴高采烈地扑上来,小鼻子翕动着,两只前爪抱住,专心致志地啃,啃了一圈,把中间给我留下了。

我拿了白煮蛋的蛋黄,用药水拌起来,它跑来嗅嗅,走了。

我打开一盒酸奶,把药水挤进去,小区域搅拌,它跑过来,小舌头吧唧吧唧舔舐酸奶,略微舔到药水边界,就停下来,看看我，看看酸奶，退一步、退两步，退退退，跑了。

最终还是抓住它夹在胳膊下，掰开嘴塞进去。

所幸，大约喂药一周，它恢复了健康。

后遗症就是，现在它连营养膏都不吃了，大概是因为那时吃完药常常奖励营养膏。

给冰灵喂药，跟给小娃喂药，其艰难性和对抗性完全有得一比。但是小娃会长大，会接受交换条件，还会慢慢理解"药到病除"，冰灵呢？是不是以后，我也可以跟它讲讲道理，做做交易，然后它就乖乖主动吃药了？

冰灵第一次看到雪

陶陶

　　前几天去参加学校要求的小队活动，看到了今年上海的第一场雪，而且是暴雪。寒风裹挟着雪花在街道上横冲直撞，棉衣和绒帽都不能阻挡它的寒冷。但雪花太柔弱了，一离开风的庇护就融化了，比水还要柔嫩。

　　到了下午，路边车辆和建筑上才终于出现积雪，用手一拂都像纱一样柔软，抓一捧撒出去纷纷扬扬，并不是雪球团的模样。这时候的积雪很薄，特别是植物上的积雪，每一粒雪花都自由，拥有自由呼吸和看向外面的世界的权利，还没有被压挤在下层失去六角形的形状。雪被压聚在一起就成了冰，冰是晶莹透明的，却硬得像铁，比雪冰冷得多。

但是冰灵是什么呢？它像雪花一样柔嫩柔软，雪白的绒毛层层叠叠却像纱一样轻柔，但它的心却晶莹透明，和雪后的天空一样清澈。

　　这是它平生第一次见到雪。

　　爸爸妈妈把它抱到门口我们的车上，让它站在车上雪白的积雪里。它的脚在积雪里留下几个小坑，仿佛是觉得柔软的积雪站得不踏实，太滑了，于是小心翼翼地调整了姿势，有些害怕地抬头用求助的目光望着妈妈。风把它的毛吹得四散飞扬，肆无忌惮地摇晃着它的身子。它有些发抖，无助了几秒钟。直到妈妈给它拍了一张照片，把它抱在怀里，它还一副惊魂未定的样子，轻轻伸吐着舌头，两条前爪死死抓住妈妈的肩膀。

　　那张照片有雪花的味道，非常清冷又非常清新。

　　小东西在雪里安静地站着，和雪几乎一模一样。

　　但我的小东西和雪又不一样。它永远不会融化，永远不会被挤压成坚硬冷酷的冰，永远不会失去自由。像有一位诗人的诗："上层的雪，很冷吧。冰冷的月光照着它。下层的雪，很重吧。无数的雪压着它。中间的雪，很孤单吧。看不见天也看不见地。"它永远不会寒冷、沉重或孤单，会一直保持像薄薄的一层雪积在一棵树上那样的天真柔软，大家抱团在一起抵御寒冷，没有一粒雪花会寂寞，上方是清澈的天空，下方是蕴藏生命的睡着的枝。它不只有雪的柔软，它还有温度，有生命，清冷的月光照向它的时候，它会温暖遥远的月亮，给它惨白的寒冷镀一层生命的金黄。

　　况且，我会一直陪着它。只要我在，世界的冰冷和恶意永远不会伤到它，冰灵会一直在它的家——一个像雪原一样清澈的小世界里快乐地成长，在自己的伊甸园享受它将永远拥有的幸福和美好。它会永远天真纯净，吸收着这个被它温暖的世界的善意，心灵像冰一样晶莹，像雪一样柔软，飘来飘去永远是不化的雪花。

冰灵第一次看到雪

陶妈

　　冰灵出生在北京，那可是冬天会有着皑皑白雪的北国。在北京读书的时候，我们曾在下雪的日子里专程去陶然亭，去看冰雪覆盖的高君宇、石评梅墓，也曾在白雪飘零的深夜看话剧归来，在街头的小摊上吃一碗滚烫的小馄饨。

　　不过，冰灵出生在初夏，没见过北京的雪。

　　到了上海，就更难得见到雪了。

　　2018 年 1 月 25 日，上海很难得地下了一点薄雪。

　　那天从早上开始，天就一直阴沉沉的，飘着点小雨。午饭后，雨中渐渐夹了一些雪粒子，打在雨伞上"刷刷刷"地响。慢慢地，雪粒子变成了松散柔软的雪花，雪花越来越多。密切关注着天气变化的我兴奋地叫道："下雪啦！"

可是由于地面温度尚高，好不容易下来的雪根本留不住，刚一落地就化成了水。雪花努力了几个小时，才勉强在车上覆盖了一层。

我抱着没见过雪的冰灵出了门。

它有点呆愣愣的，带着一点小惊惧。我把它放在积了一层薄雪的车上。它小心翼翼地站着，一动不动，一会儿低着头看看雪，一会儿又抬头看看我，乌溜溜的眼睛和紧绷的肌肉，无处不写着"紧张"二字。

给它拍照，它的眼神紧跟着我的镜头。刚一放下手机靠近，它就立刻两只前爪搭住我的胳膊，用力跳到了我怀里，紧紧抱住我的胳膊，小身子还微微颤抖。

这可真是不符合我的设想，即使不能在雪地上奔跑，起码也该有点新鲜劲儿吧？或者"白狗白雪"地卖个萌？玩儿个隐身？（冰灵心里该嘀咕了："明明是你把我扮成这么个翠绿的小龙人，还玩儿隐身？"）

这一点点雪，还不能给它带来乐趣，何况是在车上，不接地气，让恐高的小狗狗如何有闲心欣赏？

我一边嘲笑它胆小，一边羡慕起朋友家的狗狗了。朋友正好在镇江，那里大雪纷飞，形成了一个白茫茫的世界。也是第一次见到雪的小狗狗，迟疑地在雪地走出了第一步之后，兴奋地打起了滚。飞跑、跳跃、刨洞、拱地、在雪窝里蹭啊蹭、在雪地上无师自通地滑雪……

　　嗯，以后一定要带冰灵去看真正的大雪，去厚厚的雪地上撒欢儿、撒野。我心里这样想着，目光看向冰灵——这家伙不知什么时候叼走了爸爸的拖鞋，正专心致志地啃呢。

狗生大事只有吃

陶陶

昨天晚餐是可乐鸡翅和米饭，那股浓郁的香味悠悠地飘散，冰灵循着味道跑到餐桌那儿，站起来扒着我的腿要吃。我不给，它就开始"啊啊"大叫，并不嘶哑凶狠，而是又尖锐又清亮，音量越来越大，还伴有婉转委屈的低音，完全就是讨食失败，又恼怒又委屈地撒娇："你怎么还不给我呀，你怎么能不给我哪？"

最后它被抱到了房间里关了进去，挠着门气愤地"啊啊"狂叫。

我妈就笑，说是"狗以食为天"。狗当然是以食为天的，因为在远古时代，食物就是生存，就是一切，那些不以食为天的狗都饿死了，留下来的当然是以食为天的狗。

但是冰灵还不是真正的以食为天。

冰灵只在人吃东西的时候体现出狗以食为天，不惜一切代价讨食吃，得到了食物，立刻用爪子把食物塞到嘴里，珍惜得不得了。有的时候，我们逗它，把一小块肉在它上方晃悠，它不但会拼命站直去够，还会跳起来，一口咬走那块肉，就算咬完会摔一跤也在所不惜。它还在无数次扑食中总结出了经验：只要鼻子、牙齿或舌头稍微碰到食物就成功了，这块肉绝对归它了。

而在狗粮面前，它可谓是"弃之如敝屣"，只要能够得到其他食物果腹，碰都不会去碰。白天如果有人吃饭、吃零食或吃水果，当它觉得有得到其他食物的可能时，那狗粮盆完全是个摆设；而静悄悄的夜里大家都睡了，它看看实在没有其他东西吃了，才会勉为其难地去吃狗粮。这时候，它是一粒一粒慢慢吃，像在吃药一样鄙夷嫌弃，挑食得不得了。

反观斑斑，刚被皮皮捡回来的时候，它可是真正的狗以食为天，给什么吃什么，只要能吃都吞到肚子里去，吃的方式也跟娇小姐冰灵大不同——一满盆狗粮，脑袋伸进去张开嘴，吸尘器一样就把狗粮全部吞下了。那时候它的爱吃是被逼出来的，它流浪的时候挨过饿，为了生存吃过垃圾桶里的脏东西，在绵长的阴雨天全身湿透、跌跌撞撞地觅食过，它怎么能不珍惜这样容易就得到的食物和幸福？

而现在，斑斑也像冰灵一样挑食了。它被皮皮养得又胖又壮，皮毛油光发亮，对于狗粮再也没有了当初的热情，转而向人讨取味道更浓更好的、放了调料的肉饭。它个子大，可以直接跳上餐桌，还曾经在皮皮一家都不在的时候上去，把桌上一盘腌肉零食都吃光了，吃得直打饱嗝。

斑斑挑食了，因为它不用再担心食物了。冰灵也是这样。它们挑食了，因为除了狗粮还有狗咬胶，除了狗咬胶还有油淋淋、热乎乎的肉骨头，因为它们有了快乐、安逸的生活。

因为它们知道向主人讨食，他们会觉得可爱，会觉得心醉，会觉得不忍心拒绝，不会被厌烦、被驱逐。

狗以食为天

陶妈

冰灵的狗生，食，应该是排在第一位的。

食物里面嘛，肉，自然是第一位的。

还只有 4 个月大的时候，有一次陶陶吃鸡翅，拿着鸡翅给冰灵吮吮味道，谁知小家伙一口咬住不撒嘴了，还发出威胁的"呜呜"声不准我们靠近它。讨要几次无果，我只好让陶陶抱起它，四肢悬空了，冰灵无处借力，咬紧骨头的嘴巴终于慢慢松弛，我才抢走骨头。

后来，这样的情形上演过好多次。每次骨头被抢走后，冰灵都会心有不甘地追着我的手，直到眼睁睁看着骨头进了垃圾桶，然后就守候在垃圾桶旁边。有几次，它利用自己嘴小、鼻子尖的优势，把垃圾桶的盖子拱开了一个小缝，努力咬住里面的垃圾袋往外扯，扯碎一地塑料袋。

总有人问："为什么不给它吃呢？为什么非得抢走呢？"因为它太小了，煮熟的鸡骨头很容易形成尖锐的骨渣，有可能扎破狗狗的食道和肠胃，造成危险。所以如果想给它吃，要么吃生的，要么用高压锅充分炖烂。

冰灵第二喜欢吃的，是蛋黄。

每天早上我们吃白煮蛋的时候，它都眼巴巴在旁边看着。只要看到我拿着蛋黄起身，立刻欢呼雀跃、一步转三圈地往食盆处走，它知道我会把蛋黄给它放进食盆里去。

刚开始我给它吃半个蛋黄，发现它吃完半个小时后就会呕吐一小口，于是减少到四分之一。吃完这四分之一，它就立刻跑到厨房去寻剩下的部分。有一次被它闻到在厨房垃圾桶里，于是它卧在厨房门口，不许除了我和陶陶以外的人进去，生怕他们抢了它的。

还有一次，陶爸把没吃的蛋黄扔进了一个暂时充作垃圾袋的购物纸袋里，结果冰灵趁着家人都去上班的时候，千方百计扒开厨房的推拉门，把纸袋拖出去，吃掉了蛋黄。等我们回到家，只看到破烂的纸袋横在客厅里厨房门附近，它一脸无辜地看着我们，时不时用小舌头舔舔嘴巴。

因为嘴小、舌头小，冰灵的嘴巴特别灵活。有段时间它不好好吃狗粮，我把蛋黄捏碎跟狗粮混合在一起，它能非常仔细

地把蛋黄末分离出来吃掉，把狗粮一粒粒完整剩在食盆里。所以冰灵生病吃药都只能强喂，没法把药混在好吃的东西里，它能把好吃的都给挑出来。

有一次我爸吃花生，冰灵来讨要，爸爸给它几粒，发现它还会仔仔细细剔除花生的红衣，只吃白白胖胖的花生仁儿。

都说狗狗爱吃肉，可是冰灵还有个特殊的爱好，爱吃黄瓜和红薯。

夏天到了，黄瓜爽口，我们免不了有时会拿着黄瓜直接生吃。冰灵就会在膝下环绕，拼命要吃，给它一小块，它"嘎巴嘎巴"清脆有声地很快就吃完了，继续要。相比之下，斑斑虽然是个比冰灵更能吃、更不挑食的小吃货，却不肯吃黄瓜。

冰灵也很喜欢吃红薯。之前两次过生日时候的生日蛋糕，都是鸡肉加紫薯制作的。平时只要看到姥姥吃红薯，它就眼馋，就算只给它一点红薯皮，它也吃得津津有味，而且贪心不足。陶爸从老家带来的乡人自制的红薯薯片更是它挚爱的零食，每天早上起床第一件事就是把人挠醒，然后把人带到放薯片的地方，摇头摆尾地示意给它拿。

说了这么多冰灵爱吃的东西，可其实，它是个挑食的小家伙，最不爱吃的，大概就是狗粮了。每天的狗粮，都是等到夜深人静，看看实在不可能从别人那里要到什么东西了，才悻悻然踱步到食盆前，先用爪子扒拉出一粒来，左看看右看看，含进嘴里，又不甘心地吐出来，再含进嘴里，"嘎嘣嘎嘣"嚼一嚼，似乎以此引起自己的食欲，然后才走近食盆，低下头来开吃。

这一顿狗粮吃完，伸伸懒腰，就要准备入梦了。

梦里，是不是有可爱的肉骨头啊？

看门狗冰灵

陶陶

"陶陶，今天晚饭吃什么啊？"

"嗷！嗷！嗷！嗷！"

这几乎是每天晚上都会发生的对话。冰灵通常趴在卧室门口，姥姥跨过它推开门，它立刻愤怒地跳起来，一边疯狂地吼叫驱赶，一边顶在门前挡着姥姥。姥姥当然不会被威慑到，毫不犹豫地继续往里走；冰灵就会迅疾地伸头咬向姥姥的脚踝，一口含住然后继续威胁："你再走我就咬你啦！"但姥姥还是完全不害怕。它就会无比无奈地松嘴跑到前面去，一边叫一边站起来推姥姥的腿，我从后面一把把它抱起来。它发现它改变不了姥姥进门的事实了，就只好在我怀里换个舒服的姿势，看着姥姥坐到床上。

冰灵可不是不亲姥姥，我和妈妈不在家的时候它一直要姥姥抱的，在她身边儿不停地打转转儿，窝在她怀里用后脚挠耳朵，挠着挠着一下子重心不稳滚倒了，就顺势瘫倒在姥姥面前，爪子在空中一拨一拨，就在那儿要求揉肚子。姥姥一边揉，它一边歪着脑袋舔她的手；姥姥一停，它就先愣在那儿定格几秒，然后扭来扭去拿爪子拨弄她的手，轻轻啃舔着她的手指往肚子上拖拽，站起来又是依靠又是挤蹭。它知道姥姥喜欢它的，它也喜欢姥姥呀。

但它天生特别会看家——院子被它划作领地后，一旦有人靠近就会触发一阵警铃般的狂吠，狗狗猫猫之类也会引发它的警报。记得有一次晚上8点左右，它钻出院子去花坛泥土上上厕所，突然一阵稚嫩尖锐的叫声透过窗帘钻进屋里，妈妈跑出去一看，发现一个奇怪的老人在院子的铁栏杆外晃悠了好久才离开。

有时候夜里，出差回家的爸爸从我们家的大门走进房子，就一定会惊醒它。它会睡眼惺忪地走过去，闻一闻、看一看，认出是爸爸，就会开心地摇着尾巴蹭他、舔他。爸爸特别喜欢这样的欢迎，在这样的深夜风尘仆仆甚至有时冒雨赶回家时能有谁来迎接他，那种温暖和被记挂的感觉一定很好，像一碗热乎乎的细腻的汤。

但如果是不认识的人，像快递员或查水表、查煤气的人，它就会警惕地守在门口；他们一旦跨进最后一扇门，冰灵就会扑出来"汪汪汪"疯狂乱叫。因为它又小又漂亮，他们都笑一笑不去理它，也不怕它，我就会赶快去把它抱起来到屋里进行安抚。它看到我们并不警惕，也就会安静下来，静静地盯着他们看，又紧张又好奇。

看守大门，冰灵这只小小狗做出的成绩超乎我们意料——有它在，我相信没有不怀好意的人能够偷偷潜入我们家。

但它同时还看守卧室这样的小门——这就有点问题了。

当然，能走进小门的都是我们自家人，它不会真正发飙，要它停，直接抱起来它也就气哼哼地不作声了；奇怪的是它为

什么要看守小门。我和妈妈从来没有被它拦过，跨过它开门时它就睁眼抬头平静地望望；但姥姥、姥爷、爸爸、皮皮一家之类跟它不大熟的人靠近它就会"噌"地站起来，冰灵虎视眈眈地望着他们；而他们一开门，它就开始忠诚地守卫，又是叫又是推又是啃又是扑，徒劳地跳来跳去，好像里面有什么宝物；有一段时间，我或妈妈抱着它坐在床上时，它都不许别人上床，有人来它都要从我们怀里跳出来扑叫。

它是想保护我们？看着不大像，我们保护它还差不多，而且它完全信任所有的家人，它知道我们彼此间没有伤害和危险。那它是想要什么呢？

它看门，是因为这是它的家，它想要保护，是想要永远占有，是想要永远成为我们家的一分子、永远生活在这里、永远在这里做它的傲娇小公主。

那它看人，是为了永远留住我们吗？这个小傻瓜从门里退回来，心安理得、志得意满地趴在地上。空调屋很凉快吧，舒服得眼睛都眯起来了，要打瞌睡了吧，但你出去回来又不关门。我走过去关上门，挠挠它的耳朵。

它没想那么多吧，那么傻、那么小的一只小狗，耳朵软得像棉花。

还是它也在努力为这份爱与快乐争取，尽自己所能要它延长，要它爱的人永远陪在它身旁？

小小看门狗

陶妈

冰灵虽小，看门功夫却是一流的。

冰灵常看的门有三个，一是对外的防盗门，二是阳台，三是我的卧室门。

每次门铃一响，冰灵就像一支白色的离弦之箭一样直冲向门口，冲到楼道看看是自家人，立刻兴奋得原地旋转一个圈，然后掉头奔到院子里，"汪汪汪"叫几声，好像在向世人宣告："我家里的人回来了！我很高兴！"再奔回来，腿前脚后地缠着求抱抱。

若是进门时手里拎了购物袋，它就会先仔细嗅嗅有没有什么诱人的味道，再来决定是纠缠购物袋还是纠缠人。

若是外人，或者快递，它立时警觉起来，以前会直接"汪汪汪"地开嗓意图吓走来者，现在被训得多了，一般不再开口，但是小眼神滴溜溜转，警惕地看着来人，通常快递放下东西就走了，它也就放松了；可如果是上门收件的快递，它看着家里的东西要被拿走，小心眼儿里急死了，忍不住就要咆哮起来。

进门的客人，它就赶紧跟着进来，绕着客人转圈圈，判断着主人的言辞表情，暂时保持着礼貌的沉默。有的客人伸手想要摸摸、抱抱它，它会小碎步往后退，歪歪头审慎地看看对方，若是客人继续向前伸手，它就免不了"汪汪汪"叫起来，还伴以进攻式的跳跃和龇牙，吓得客人缩回手去。

其实这时，若是客人只管抱起了它，它就色厉内荏地噤声了——四爪离了地，它就只剩小心脏怦怦怦跳得起劲了。

有一次，陶陶的小同学来家里做客，她也是家里有小狗的，最是熟悉小狗的脾性，一看见冰灵，就满怀欢喜地揽在怀里又抱又摸又亲，冰灵只来得及在喉咙里发出了两声弱弱的威胁，就百般无奈地任人摆布了。

身为小型犬的悲哀啊，就是不得不"被爱"。

阳台也是冰灵最常值守的岗位之一。因为临着一条小区内的道路，来来往往的人比较多，冰灵免不了经常警惕地冲出去狂吠。被训了很多次之后，它终于不再对着路过的人们吠叫了，可要是有人在栏杆外驻足，它可就要跳着脚地叫了！

有时候你还会看见它抬头对着天空愤怒地叫，大概是因为隔着透明的玻璃棚，楼上人家晾晒的衣服随风飘摇，或是肥胖的鸽子在棚上散步等等。最好玩是夏日来临，树上鸣蝉，这听得到、看不到更是捉不到的"入侵者"，真是让冰灵心痒难熬，叫累了进屋，忽地又想起来再冲出去对着天空叫一阵。

最可怕的"入侵者"，是猫咪。这时的冰灵，又是害怕，又是愤怒，大概还有点新仇旧恨（以前被猫侵占过领地，还被挠过）的意味，一边大声叫，一边从左边跑到右边、从右边跑到左边，一副想要打一架的样子，但就是不敢上前。猫咪总是睥睨着它，一副不屑的神气，要有人从屋里出来，猫才会身子一扭，轻盈迅速地走开。

我的卧室门，也是冰灵很重要的值守地。小小的它，对家

里各个房间也分得很清楚。我们不在家或者在屋里睡着的时候，它就会卧在卧室门口，看起来趴在地上睡得很香，可要是爸爸想进来放好洗净晾干的衣服，或是妈妈想进来打扫卫生，它都会立刻跳起来，喉咙里"呼噜呼噜"，有时还会作势扑一扑，不准他们进来。

若是他们不理它，只管进来了，它就紧跟着在后面，一直一直地瞄准脚后跟，用爪子推、用嘴巴含（不咬），试图赶出去。

我要是在家，比如坐在床上，它也不大允许人进来，可是反应没有那么激烈。但是如果来人试图也坐在床上，它就又急了……有时妈妈不免又笑又恼："他们都上班走的时候你就跟我亲，怎么转眼就翻脸不认人啊？"

是啊，它转眼就翻脸不认人，因为它的小心眼、它的单纯、率真和忠诚。这也是人们之所以爱宠物的原因之一吧。

第二篇

因爱而感，事二三

冰灵和我

陶陶

冰灵是我养的一只小白博美，是天下最可爱的小狗、最听话的小狗、最漂亮的小狗、最聪明的小狗、最伶俐的小狗、最完美的小狗。

因为它是我最爱的小狗。

以前还没有养它的时候，我总是嫌弃爸爸说我是他的"心尖尖尖肉""爱得不得不得了"，那时总觉得好肉麻，内心深处还觉得爸爸好做作。

但它来了之后——冰灵来了之后，我感觉望着它时，爱把我的心塞得满满的，不管它听不听得懂，我都要表达，表达自己对它的爱意，像爸爸对我一样。这种感觉之前从来没有过，

直到它出现在我的生命里。

直到它改变了我。

它能改变我，不是因为爸爸妈妈的教育，不是因为我和爸爸妈妈约定好的一起照顾好狗狗的意识在起作用，不是因为它的可爱吸引了我，让我为它改变，而是因为我把我的心分了一半给它。

我爱它，不只是因为它可爱，只是因为我爱它。我第一次把一个生命当成我生命中那么重要的部分——全心全意去爱的部分。

我爱它，所以不愿让它受伤，不愿让它难过，不愿让它流泪。

我爱它，所以要照顾好它，它比我重要，它开心我就开心。

这时候，我就理解了爸爸。爸爸说的话也许是挺肉麻，但那些平淡无奇的词语，表达不出他滚烫的情感。

我也一样。

所以我是爸爸的世界里最完美的姑娘。爸爸爱我。

所以爸爸是我的世界里最完美的爸爸。我爱爸爸。

所以冰灵是我的世界里最完美的小狗。我爱冰灵。

冰灵吓姥姥

陶陶

放学回家，姥姥姥爷笑着跟我们说，今天冰灵又狠狠地吓了他们一跳。

早晨我们离开后，家里安静了好一阵，没有听见冰灵惯常叫声的姥姥姥爷感觉有点奇怪，于是开始找它，看看它为什么没出声。

他们找不到它了。

院子、厨房、卧室、茶几以及桌子底下、沙发后面，他们找遍了每一个布满灰尘的角落，企图搜寻那个雪白的身影，可是无论他们怎样寻找，就是找不到它。姥姥姥爷慌了，在屋子里不停地呼唤：

"冰灵——冰灵——"

没有回应，只听见客厅的时钟在"嘀嗒嘀嗒"地响，不紧不慢地响着。

姥姥慌极了，她说坏了；冰灵丢了，陶陶回来要闹翻天了。她不肯说她慌张的真正原因，她不肯承认自己也爱上它的事实，尽管那事实已经在她给它开厨房门、给它换水换食、让它在自己腿上不安分地动弹的时候暴露无遗。她喊它的时候很亲昵，是那种我和妈妈都熟悉的亲昵。

所以姥姥喊它喊得更大声。

过了好一会儿，卧室里突然传出窸窣的声响，一抹白色悄无声息地钻出来，姥姥转身就看见一双黑溜溜的眼睛好奇地看着自己。冰灵歪着头看看她，尾巴轻轻地抖抖，接着又迅速转头钻回床底那个隐秘的角落。它最后探出脑袋又望了望姥姥，然后倏地消失了。

仿佛在应答姥姥："我在这儿呀。"

床底一片漆黑，姥姥用手电光照照，两只亮晶晶的眼睛静静地看着她，昏暗的光线里显得无比灵动。

"你们看看这个小坏蛋把我吓得多惨——"姥姥继续笑。爸爸回家后她又说一遍，用兴致勃勃的语调来掩盖自己失而复得、难以抑制的喜悦。

我在旁边看着她这样的喜悦，心里突然地感觉到一阵幸福和满足。

冰灵安静地趴在妈妈脚边愣愣地看着，也许就像很久很久以前，很小很小的我看着姥姥和妈妈坐在那里的神情。

于是窗外的夜色，变得无比的柔和。

嫉妒

陶陶

冰灵喜欢对别的猫猫狗狗叫，很凶的那种，从喉咙里发出带有压抑感的愤怒低吼，把自己又小又尖但皮都咬不破的小白牙露出来，竭力表达自己的凶猛。

但不管它怎么叫，那听起来奶声奶气的叫声谁都吓唬不了。不光人不怕，连猫和大狗都选择无视它。我记得夜里经常有猫在院子前路过，对冰灵疯狂的叫声不屑一顾，甚至原地坐下看戏，黑暗中闪亮的绿眼睛眯成细缝，仿佛带着一丝傲慢。直到有人拉开窗帘，猫才会转身离开，冰灵气喘吁吁地蹦下花坛跑回来，也不气恼，立刻像什么都忘了一样地继续在家里快乐地招摇。

它是在看家护院呢。我们一直都这样想。

它不只守院子大门，还守小门——我和妈妈的卧室门。

白天大家都在工作、没空陪它玩的时候，它就会趴在卧室门前静静地等，下午或晚上的时候，它总是懒洋洋地侧躺在门前睡觉。我和妈妈要进卧室的时候，它就抬头看看我们，站起来让开放行；但姥姥、姥爷、爸爸靠近时，它就会拉响警报，像旋风一样突然跳起来爆发一阵狂叫威胁，追着人脚踝含而不咬地警告。

它当然不会咬，它张着嘴用嘴撞他们，一边撞一边呜呜乱叫。它是很知道分寸的。

姥姥姥爷就笑，说它怎么这么坏，我和妈妈不在的时候一直要抱抱、献殷勤，我和妈妈一在就这么凶。它也不懂，就傻傻地听着，然后继续推挤他们的腿，完全没有威慑性的吼声，显得又可爱又无奈。我把它抱起来想让它消停下来，它反而更加猖狂了，好像找到了靠山一样瞪着眼睛狂吼，不过还是一点用都没有。

永远在等待的冰灵

陶陶

冰灵的时间，大多花在等待上。

冰灵很爱我们，我们也很爱它，但在别人眼中它终究不过是一只小狗。

有很多地方它去不了，有很多地方它不能去。当我们离开家，走向那些对它来说遥远得无法触及的地方的时候，它只能默默地望着我们走出家门，然后站在门后发一会儿呆，漫无目的地在屋里转悠一圈，冲院子外的行人叫两声，扒开各个房间的门满怀希望地看一看，再沮丧地退出来。

再然后，它会趴下来等着。

冰灵喜欢趴着。

　　冰灵又小又轻又软，它趴着的时候，是最惹人怜爱的时候。

　　小小的、轻轻的、软软的一团绵云，太柔和了，柔和得脆弱。那么脆弱的一团小云，轻得好像一阵风就能刮散，白得好像从未触过地的柳絮。它的身子轻柔地趴在地上的时候，它的影子就趴在我灵魂深处专门为它塑造的地方静悄悄地酣睡，毛发随风飘扬，耳朵伏在背上。它小小的身子上那么一点点的温暖，能融化所有的寒冰。

　　我喜欢看它趴着的样子。

　　有的时候，它会抬头看我。它的眼睛是黑色的，很大，晶莹剔透，嵌在雪白的毛上显得很精致。它会睡眼惺忪地望着我，用那种最纯净天真的眼神。我能在它眼里看到很多很多东西，都是最美好的感情，信任、满足、天真、喜悦，还有爱。我能在它的眼睛里看到自己浅浅的倒影，隐没在它眼角细密的绒毛中。它身上层叠的皮毛细腻柔软，像雪一样洁净，像风一样轻盈。

它就那么安静地趴在那里，趴在自己的小世界里。它凝望着我们每天早晨走出它的视线，又在每天下午回到它的身边。它不知道我们离开的原因，只能把一切都交给时间，只能相信只要等得足够久，我们总会回到它的世界。

它没有选择，只有默默习惯。它能做的只有等，等光阴流过，等它的家人离去又回来。

所以它会轻轻趴下来，趴在家门前的桌子下面，昂着头盯着那扇紧闭的木门，竖着耳朵寻找我们回来的一丝丝痕迹；它会盼望着听见我们的声音，盼望着唤醒楼道声控灯的跺脚声，盼望着钥匙插进锁眼的金属碰撞声，盼望着我们按下门把手时木门沉闷的开启声；它会在我们回来的时候把所有的等待化在对我们的热烈迎接里，拼命蹦跶着要我们抱，把脑袋埋在我们胸口，蹭着、舔着、诉说着此刻的欣喜和一整天的孤独；它会在安静下来后一直跟随着、注视着我们，无比珍惜它的小世界里有家人陪伴的美好时光。

它那个小世界很小、很简单，无外乎家人、食物、玩具。

它用等待证明它的爱。

在爱你的人眼里，颜值算什么

陶陶

　　沐浴着下午从窗外透进来的阳光，我坐在灰色的沙发上。冰灵借助跑步机跳上沙发爬到我腿上，在我腿上走了个来回，静静地趴了下来。我唤它一声，它抬起头望了我一眼，眼睛里清晰地印着我的倒影。阳光照在它的皮毛上，照得它像一朵洁白的云朵一样轻盈，但我能感受到它的重量和温度。

　　冰灵很漂亮。

　　它有雪白的长毛，在脊背上轻盈地飘舞，像蓬松的一层白纱，它有小狐狸一样的脸颊，镶着两颗黑宝石一样明亮的眼睛，好像黑色的星星嵌在白色的天空中。

　　它是一个娇嫩的小公主，一出生就浸在爱里的小东西，又是出身于博美这么一个娇贵而美丽的品种,它怎么可能不漂亮。

　　但它也有不好看的时候,前腿骨折时为了方便手术它剃光了腿上的毛,走路时那条光光的肉色前腿翘在胸前可怜巴巴地晃荡,好像《侏罗纪世界》中迅猛龙的短小的前肢。又比如皮肤病肆虐的时候,它身上长满的大大小小雨后蘑菇群般的恶心的红包。它全身的长毛都被剃短,失去了长毛的身体显得那么瘦弱娇小,活像一只白色大耗子。

　　那些时候的它是失去了美丽和神采的,憔悴而忧惧,两只明亮的眼睛里时常闪出惊恐和不安。我们给它穿上了各式各样的漂亮的衣服,为了保暖,也为了盖住它瘦小的身体,盖住它身上的红色肿包,以便在带它出门时不用被路人好奇或怜悯的目光刺伤。那样的目光总会嘲笑它身上因伤病而凸显的丑陋,总会像一根针一样锐利地扎刺着我和妈妈的心。

　　但我和妈妈在看着它的时候,从来不会看到它裸露的前腿或斑驳的皮肤,而总是看到它心里的恐惧和痛苦。我知道妈妈不在乎它的样子,不在乎它是否还拥有那柔顺雪白的绒毛;我也发现自己愿意爱护它、关心它、给予它,不是因为它是一只漂亮的小狗,而是因为它是我的冰灵。我想要它快乐健康,想要它能够享受爱又能付出爱,想要它永永远远依偎在我身边,像一朵轻快的云一样自由而幸福。

　　这个时候,我爱的再也不是它漂亮的外表了。我爱的不是一只小博美,而是我的冰灵。我不可能再对另一只陌生的小狗

或其他小动物付出像对我的冰灵这样的爱，即使它们可能比它更美丽，身上的毛更加雪白柔软，眼睛更加明亮灵动，性格更加乖巧，会卖萌、会发出甜甜软软的叫声。

因为，冰灵永远只有一个。

表弟皮皮最近捡回来了一只小奶狗，起名叫斑斑，已经成为他的女儿。

斑斑模样憨憨的，全身黑乎乎，长着棕黑色的卷毛，眼睛埋在脸颊的黑毛中间几乎看不到，但皮皮的眼睛总能最大限度地捕捉到那眼眸的明净和美丽。它没有冰灵漂亮，相比显得朴素些，被亲友们戏称为"锅炉妹"；但是皮皮眼中这个憨憨的小家伙，是没有任何东西可以替代的。他愿意爱它，并深深沉浸在爱它的幸福中。我能从他看它的眼神、抱它的动作、唤它的声音里发现，它已经是他心目中最漂亮、最美的小狗。

　　我能发现这一切，因为我对冰灵的爱和皮皮对斑斑的爱没有两样。

　　冰灵倦了，已经埋下头闭起眼睛静静地睡了。我没有动弹，不想惊动它的沉静，因为它是我最爱的小家伙，也是我最漂亮的女儿、最完美的公主。

　　窗外那个巨大的世界里，有成千上万的主人和他们的小公主、小王子坐在沙发上看书。那些小家伙们千奇百怪、各有不同，但它们都是最美丽、最完美的孩子，即使只有一个人这么认为。

　　只要所有的宠物都被爱着，宠物世界里就没有比较，因为宠物们不需要，真正爱它们的主人们也知道它们不需要。

　　它们只需要一份能够粉碎对颜值的崇拜的纯粹的爱。

冰灵舔

陶陶

冰灵爱撒娇，是那种小女孩儿似的娇俏柔软的撒娇，在我身边蹭来蹭去，蹭到我再也抵抗不了这种柔弱娇萌的爱意，然后心安理得地钻到我怀里。

它会在我双腿上趴下来，小小的身体小到能够在我腿上转圈圈。有时它会头朝前，老老实实地趴着，那是它要睡觉了；有时会侧着，在大腿根处横趴，伸脑袋去衔我的手，然后轻轻地舔，舔一会儿"啊啊"叫两声。这时，我就会抬起那只手，轻轻抚顺它的毛，它的层层叠叠雪浪般的白毛，会起起伏伏地波动起来。

然后它会转头努力去够我那只手，有时会在我腿上翻个身，露出粉色肚皮。然后我就会用一只手托住它的脑袋，另一只手揉揉它的肚皮。它在我腿上不安分地扭起来，然后使劲转脑袋，在我手心里舐吻起来，软软嫩嫩的小舌头一下一下，眼睛一会儿看手心一会儿瞄我一眼,有点眯起来,是那种惬意的软萌味道。

　　我很喜欢它的舐吻，柔嫩，完全不粗糙。尤其是在我刚刚到家、它出来迎接我的时候，它会开心得发疯，冲上沙发，带着一天的企盼蹦到我怀里，像潮水一样扑上来。这时候，它舐得狂放热烈，牙齿轻轻衔咬，像被细细的水流冲刷，里面又掺了细沙，那样酥麻的触感。

　　这时，它的舌头是温热的，像被阳光照耀了一天的海水终于迎来清凉的夜晚，激动地扑向岸边的海浪舐舐沙滩一样，把

温度深深渗入了沙滩。

　　它爱舔我的脸，最喜欢舔我的嘴唇和眼睛，喜欢一下一下突然地扑到我脸上来舔吻。妈妈不允许它舔人脸，这时候它会有点委屈地像融化的冰激凌一样从我脸上滑下来，搂住我的手埋在它脸上的毛里。它把我的手抱在怀里的时候它的模样，就像我紧紧抱住它的时候一样，有沙层般深厚的珍惜和保护欲。

　　它是不是也想保护我呢？虽然只能抱住一只手。

　　它是不是也在长大，也从一直被爱长成渴望去爱，想要回报、想要感激？

　　它继续舔我，这几乎是它唯一能自主表达爱和信赖的方式了。也许在它的梦里，也曾想过我变小而它变大，让它得以温柔地呵护我。像无边无际的大海躺在岸的臂弯中待久了，会展开水流的长臂拢住大陆，让宽广的陆地如一个小小岛礁一样拥有安定的港湾。不过现在它做不到，它还不可能反过来给我顺毛。即使以后也不大可能，但它已经意识到了它长大并开始寻求的是什么。它先以撒娇为名，用温软的舔吻为将来作铺垫，铺垫得很温柔。

　　它不会说话，它只会舔吻。

　　但是它把话说得很清楚了，就像海风吹拂，把海洋的悄悄话一字不漏地如实传达给沙岸，却对其他渴望探听秘密的人守口如瓶。

它们

陶陶

猫

暑假里，我参加了复旦大学合唱团，有一个意外之喜，是那个学校附近有四只不怕人的猫。

一只是灰黑色掺杂的较胖的大猫，好像比较好斗，身上有一些小伤口。另一只灰黑大猫比它瘦一点点，和它长得很像，尾巴好像断了一小结，比较短。还有一只大猫是橘色的，是最温顺的一只，跟你熟了以后，即使你手里没拿吃的东西，也会主动来蹭你。最后一只是黑白色的小猫，肚皮雪白，它的毛是雪白上有一片不规则的墨黑，像一张宣纸上泼了深浅不均的墨水。它最可爱，却也最谨慎，非常伶俐地在你周围窜来窜去，但只要你靠近一伸手，即便是递给它食物，它也会立刻逃离，钻到灌木丛里，然后再慢慢探出一只脑袋警惕地瞅着你。

四只猫都有晶莹而锐利的绿眼睛。

我对小猫小狗毫无抵抗力，从来都是直接"缴械"，所以第一天遇到它们就立刻融化在那八只明亮的绿眼睛里，喜欢得不得了。

就在前天，我又揣着两根火腿肠去喂猫，那只橘猫直接上来蹭我，脑袋抬起来轻轻顶着我的手，影子铺在草地上与树荫相交，像一簇奇形怪状的树杈。那黑白色的小猫在旁边灌木丛趴着，又谨慎又好奇地观察，而另外两只大猫仍然慵懒地或趴或躺，瞳孔在阳光下成一条黑黑的缝，有一种恃宠而骄的漠不关心。我掏出火腿肠先塞了一大块在橘猫嘴里，它俩才傲慢地走过来，各自叼住一块肉原地坐好才吃。那黑白色的小猫怯生生躲在灌木丛里望望，突然带着草叶的"沙沙"声窜出来，扑到橘猫旁边吃地上的碎肉，我捏出一块专门递到它嘴边时吓了它一跳，它立马蝴蝶一样惊飞起来，却没有像冰灵受到惊吓那样猛地蹦起来摔一跤，而是稳稳落在几步远的地方，脚步也蝴蝶似的灵巧。它犹犹豫豫半天，还是直到我把肉丢给它，才开始安心地吃起来。

但它们不知道这是我最后一次来这里喂它们了。

那只黑白色的小猫太伶俐了，我知道自己绝对摸不到，也不去强迫它非要接近它所恐惧的人类。

我抚摸那只橘猫的绒毛，不长，但无比的柔软，比冰灵的还柔软。

那两只灰猫紧挨在一起，有肉吃的时候它们完全不介意被我摸一摸。也是一样的柔软，对于这些小家伙，我不敢像对待冰灵一样把它们抱起来、揉它们的肚子、捏它们的耳朵，我只敢非常轻、非常轻地抚摸。

太软了，太脆弱了。这些流浪的野猫是比家里那个傻冰灵要机灵强大得多，但是还是太脆弱了。

它们没法决定自己的命运，一生颠沛流离，追寻的却是最基本的生存。

它们在阳光下、树荫里啃着喜欢小动物的人喂它们的食物，好像很惬意，但没有人真正把它们当家人，也没有人想尽一切办法让它们永远远离饥饿和疾病，它们只能盖着好心人给的打满补丁的破毯子，在睡不着的夜里数星星。

它们如果有一天生病了，在一个没人的地方虚弱地睡着了，没有力量爬起来，它们会怎么样呢？

如果它们在某个寒冷凄凉、没有月亮的雨夜，静悄悄地走了，它们还会被记得多久呢？

它们不会被当作唯一呵护着，就像冰灵那样。

即使它们很漂亮、非常漂亮，很乖巧、非常乖巧，很聪敏、非常聪敏，很懂事、非常懂事，很值得被爱……

像我，我最爱的还是冰灵。

斑斑

回家了，回家了，不能再流连了。我已经尽力给予了小猫们我的善意，以后能给予的只有祈祷和祝福了。

路上妈妈看着手机笑，然后把我拽过去看阿姨的朋友圈：皮皮的狗斑斑出去遛弯回来，趴在门口只伸着舌头"哈哈哈"喘气，怎么逗它都不动，拿出它最爱的玩具、最爱的食物、最爱的皮皮，它都无动于衷，显然是中暑了。那张图片里，黄棕黑交错的斑斑大张着嘴怎么看怎么喜感，配文也很搞笑。

但我知道，阿姨和皮皮那么爱斑斑，他们见它中暑了，肯定是先吓疯，拖它到空调下最凉的地方，喂了它半天凉水，然后它满血复活地在屋里尿了一遭，让他们又好气又好笑地完全放心以后，才会用这张本来想要发给医生问狗狗中暑怎么办的图片发这么一个朋友圈。这我还不知道吗？皮皮是我表弟，斑斑是我和他一起捡回来、起名字、看着它从比冰灵个头还小的肉球长成这么一只能扑倒我的正宗中型犬的，我能不知道吗？

我和皮皮一起捡回来的小狗崽啊，那时候浑身泥水，长长的绒毛结得东一缕西一缕的，冻得瑟瑟发抖，却在我们靠近抚摸它的时候直接翻出肚皮，一下子就俘获了它的整颗心。小小狗是最萌最萌的，还不会叫，也不会摇尾巴，对所有人都全心全意地信任，在它冰灵姐姐朝它叫的时候就可怜巴巴地缩在旁边，仿佛一个黑天使一个白恶魔。

我对这种小奶狗也是最没有抵抗力的。我立刻喜欢上斑斑，但没有像皮皮一样，把它直接捂进心窝里疼爱——

因为我有那个嗷嗷叫的白恶魔了。

我没有投向那时候和冰灵一样萌而且比它脾气好的斑斑，因为我很明确，心里那个位置时间般永恒，只属于冰灵，即使它是个小恶魔，只会撒娇，只会撒泼，只会发脾气。

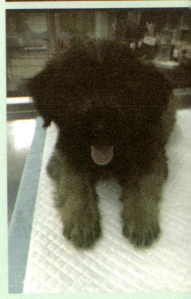

而皮皮立刻奔向了斑斑，即使它曾经是条脏兮兮的流浪狗；即使它是混种（我们都不介意）；即使它长大后力气又大，跑得又快，天天出去浪，拉都拉不住；即使它不再像小时候那么萌、那么小。

他也有那个位置了，一样恒久，一样唯一，他在冰灵和斑斑之间选择时，永远会先护住斑斑了。

那是世界上最正常的事。

哈哈

喂完猫回家，在小区里遇到了邻居养的小雪纳瑞——哈哈。

那也是一只黑白的小狗，像冰灵一样一只手就能抱起来，是邻居家的小王子，整只狗精精神神，毛发打理得整齐柔顺，每天出来遛弯四只小脚上还穿着小皮鞋，晶亮晶亮的眼睛像冰灵的一样洁净，一直沉浸在幸福里，从未尝过流浪的酸辛。

和冰灵不同的是它很乖，看到什么都不会乱叫，也不介意陌生人摸一摸，也不介意陌生狗的嗅嗅。它是邻居家的狗子，乖巧软萌，还被坏脾气的冰灵骂哭过。

我和妈妈热情地同哈哈和邻居打招呼，然后我就蹲下来摸那乖巧的雪纳瑞了。它乖乖地让我摸，轻轻舔舔我的手，我把它抱起来揉揉耳窝，它就兴高采烈地甜甜地笑。

邻居从来没能抱起过我家冰灵，连摸都不能摸，冰灵龇牙咧嘴地咆哮，色厉内荏地躲来躲去。妈妈把它硬抱起来，它就威胁地"呜呜"低吼，吓得邻居永远不敢伸手。

哈哈太乖了，我抱了它好久它也不嫌烦，乐呵呵地看看我又看看它的主人。我把它放下，它就乖乖跟着主人离开了，一路小跑，那四只小皮鞋交替着踩地，"哒哒哒哒"，像一阵轻柔的风铃。

我和妈妈回到家，小臭蛋冰灵立刻冲到第二层防盗门前，爪子挠得那扇铁丝门发出一阵粗暴的金属声，让人起鸡皮疙瘩。

130

所以我们赶紧打开门走进去，它无比欢快地绕着圈子转，站起来一蹦一蹦地扒拉我们的膝盖，一片雪云一样轻盈，但又傻傻地自个儿绊了自个儿，摔了一个跟头，晕头转向地继续扒拉。

我抱起它，它兴奋地狂舔我的下巴和胳膊，然后我一放它下来，就趁着那股兴奋劲儿冲进了院子，"汪汪汪、汪汪汪"地在院子里兜了好几圈。没来由地冲所有路过的人叫。我喊它，它又冲刺一般地跑过来，一点也不从容，一点也不淑女，活脱脱一个不懂事的小公主。

我惯的呀。

这只小家伙比起人家哈哈要皮多了，比起人家斑斑要坏多了，比起那些猫儿们要傻多了。

可那有什么办法呢，它已经在我心里扎根了，傲娇自信地坐在那个最高的位置上了。它好多方面都不如那些乖乖的毛孩子，但我还是把全部的喜欢和爱意都投在了它身上，把它完全宠成了这么一个娇娇女，像皮皮对斑斑，像邻居对哈哈，像很多很多的父母对待自己那个不懂事的小孩子，这种爱的位置永远无法公正——

那么多比它漂亮、比它乖巧、比它聪明的毛孩子。

但像我，我最爱的还是冰灵。

养狗随主人

陶妈

一般来说，孩子随家长，因为有遗传因素，养了小狗以后才知道，狗也随主人，可见后天环境中的潜移默化有多重要。

陶陶养了冰灵，皮皮养了斑斑，时日越久，越能看出其中有趣的微妙相似，真不知是命运和缘分还是模仿和调教使然。

挑食 VS 不挑食

陶陶挑食，冰灵也挑食。

每天的狗粮都不好好吃，有时放在食盆里两三天，只好倒掉。眼睛耳朵机灵地关注家人的一举一动，一有人坐在饭桌边，就赶快扑过来扒膝盖。有时候看它趴在地上睡得香着呢，还没拆完零食包装，它就睁开眼、竖起耳、抬起头、直起身，然后两眼放光地奔过来。

有肉、有排骨、有蛋黄，它便很开心地摇着尾巴、舔着鼻子，急吼吼地索要；若是给它面包、饼干、馒头、胡萝卜，它的热情就减了一多半，不急着张嘴，先歪着头拿鼻子嗅嗅，再抬起头审视你的脸色表情，然后或者无奈地先叼走再说，放在地上，再扑上来看看有没有别的好吃的，或者看也不看地坐回到地上，等待换别的食物。

纯肉的包子馅，给它放到食盆里，它能放一整天都不去碰。

斑斑就截然不同了，不管是什么，只要给，它都是狼吞虎咽地全部吃掉。冰灵冷落的狗粮食盆，斑斑每次来了，就像吸尘器一样，一过去就空了。

有一次，我妈妈喂斑斑吃东西，是一个叉烧包，给它放在食盆里，然后转身走过来，她还没到饭桌边，斑斑已经吞下肚折回到饭桌边等待了。

因为我们皮皮也不挑食呀。

细嚼慢咽 VS 狼吞虎咽

冰灵吃东西，好像是一位教养甚好的娇小姐。

不管多小粒，它都不会"啊呜"一口直接吞，总是叼在嘴里、颠着小碎步跑到跑步机前的垫子上，从容地卧好，把食物放在面前，"端详 — 小鼻子嗅嗅 — 小舌头舔舔"，一套工序做好，再用小舌头轻巧一卷，放进嘴里开始吃。一颗肉丁也要分成好几口，"吧嗒吧嗒"吃完了，再颠着小碎步回来继续讨要。

这不就是小陶陶的风格吗？

斑斑就完全不同了，才2个月的时候，就得了"狗粮吸尘器"的诨号。那时它刚被皮皮从公园抱回来，在屋子里慢慢熟了之后，踱步踱到冰灵的食盆前，像发现了聚宝盆一般，不顾冰灵声嘶力竭的抗议，把头一凑过去——没了！冰灵需要嚼上一天的狗粮，斑斑只一口！

随着斑斑长大，吃东西更是"鲸吞"，完全省略了"咀嚼"的步骤。这常常让我想到皮皮，有好长一段时间，皮皮吃饭，总是伴随着大人们在旁边"慢慢嚼，嚼完再咽"的督促声。

宅 VS 野

小时候，陶陶也很喜欢在外面玩，夏天的大中午、冬天的大半夜，只要想出去了，就不依不饶地往门口去，迫得大人不得不带她出去溜达。长大以后，却慢慢地变宅了，常常不愿意出门。

冰灵小时候也很喜欢出门，我们准备出去的时候，只要一拿包换鞋，它就蹲守在旁边。看到门开条小缝，它就滋溜溜出去了，根本唤不回来。那时每天早上上班，都要预留出"把溜出去的冰灵捉住抱回来"的时间。

但是差不多 1 岁以后，冰灵也开始宅了，不光我们出去的时候，它再也不追不缠，只是静静地蹲在饭桌下面，或依依不舍或落寞地看着我们走，就连专门带它出去玩，它都不大肯。看到我拿牵引绳，它就往后缩，刚出楼道门，它就掉头回来。出了单元门，它干脆趴在地上梗着脖子不动了。

我们只好抱起它来，走到远处去，或者去草地，然后放它下地。

回家的路，它就异常勤快地跑在前面，丝毫不犹豫地一溜烟跑回家去。

皮皮到底是男孩子，不大能坐下来做一些安静的事，喜欢在外面玩。小区已经很熟了，也有一些相熟的小朋友。就看他一会儿出去骑车，一会儿出去踢球，一会儿出去捉迷藏，一会儿出去玩健身器材，一上午就能出去个四五趟。

于是斑斑也喜欢出去玩，常常在门口蹭来蹭去的，一出去就兴奋地小跑起来。有时候，即使憋尿憋得很急，它也

要跑遍大半个小区之后，才会停下来解决。

周末的时候，带斑斑去大一点的公园湿地玩，它在草地上撒欢停不下来，一向温顺听话的狗狗也叫不动了，直到看见皮皮转身真走了，它才恋恋不舍地最后嗅一嗅草地，一跃而起急速追上。

傲娇 VS 温顺

漂亮的女孩子嘛，多多少少都会有点傲娇。冰灵每次出去回头率都那么高，连禁止小狗进入的场地的保安都会在禁止的同时夸它好看，更是傲娇得不得了。寻常的姿势都是高昂着小脑袋，眼神里有几分娇蛮和不屑（除非你有好吃的在手）。

冰灵想要人抱的时候，就会主动跑到你身边，转个圈，"啊啊啊"尖叫几声，歪着头看着你。你若不理它，它的叫声便带了几分急切和愠怒，伸出前爪用力扒挠，或者用头去顶你的手。痴缠不休，非得让你抱抱不可。

可是它不想让人抱的时候，你冲它张开手，它后退几步，转身就钻进桌子底下、沙发底下、床底下去了，还要把小脑袋伸出来一点点，挑衅一样地看着你。如果它正有困意的时候你去抱，它就会恼怒地发出威胁的哼哼声，尤其是对陶爸，干脆直接就张口露牙。

去外面玩，免不了遇见别的狗狗，无论品种、大小、性别、美丑，冰灵一律瞧不上，不是凶巴巴地冲它们大叫，甚至追咬，就是自顾自走掉，连眼都不瞥一下，十足的娇小姐模样。

斑斑就温顺得多，看见人在看书或者看电视，它会跑过来乖乖在脚下一趴，安安静静地陪在旁边。即使看见了好吃的，口水滴答滴答的，也绝不出声，只乖顺地坐着，眼睛沉默地望着。

有一次，斑斑在吃肉骨头，我走到它旁边，手伸过去，它就停住口，抬起头看看我，还把身子往后缩了缩。我拿起骨头，它抬头望我，眼神里有诧异、有担心，可还是默默的，不出声。我假装把骨头扔掉了，斑斑吞吞口水，只是低头在骨头原在的地方嗅闻，似乎这样便稍可得到些安慰。真是一只令人怜爱的"温良恭俭让"狗子。

在外面遇到别的狗狗的时候，斑斑也总是很友好地慢慢凑过去，能一起玩就一起玩，遇到凶的狗狗害怕时，斑斑就停在原地，甚至还会趴下身子低头示弱，看起来黑黑大大、令人生惧的一只狗，天生一颗温良、有爱的心。

我们皮皮可不也是这样嘛，虽然生得比同龄人高大许多，还学了跆拳道、空手道，可是跟小朋友相处特别有爱，从小到大都受全班同学的欢迎。上幼儿园的时候，全班同学排着队来亲他；到了小学，全班同学都跟他谈得来，以至于老师让他选一个"在一起不会讲太多话"的同桌，他看遍全班上下，叹一口气说："老师，还是你定吧，我看看每个同学，都是跟我很要好的，在一起都会讲很多话的。"

冰灵的玩具

陶妈

刚开始的时候，我还真没想到过小狗需要玩具，家里只有预备狗粮时商家送的一个线结、一个线球。

冰灵来了，小嘴还衔不住线球，常常一丝丝挂在牙齿上，晃颠颠地跑来跑去，看得人又担心又好笑。

有时候，冰灵也会小小地"撕家"，最常见的就是想方设法从客厅的抽屉往外扒拉东西，所以有不少陶陶的玩具，都变成了冰灵的玩具。其中冰灵最喜欢的，就是一个橙色的小玩偶了。

睡觉的时候，它常常把小橙偶衔到窝里，小脑袋拱着，时不时龇牙咧嘴咬几口，哼哼几声，就睡着了。睡醒了，它就衔着小橙偶出来各处溜达，卧室、厨房、卫生间，都去过了。当然，最常去的，是院子。

　　冰灵去院子里玩的时候，就会把小橙偶也衔到院子里去。它若是跳上花坛，一准儿会把小橙偶也衔上去。刚开始它的个头儿跟小橙偶差不多大，想要衔着跳上花坛可不容易了，累得直哼哼，总要尝试很多次才能成功。

　　后来慢慢长大了，衔个小橙偶就不在话下了。可也因为长大了，力气也大了，小橙偶被它衔来衔去、撕撕扯扯的，衣服也没了、耳朵也没了、尾巴也没了，最后，脑袋上开了条缝。

　　冰灵从缝里掏出了一缕棉花，大为惊奇，像是突然发现了宝藏，嘴里发力，两爪并用，直到掏空才罢休。等我发现的时候，小橙偶已经躺在一片"雪花"里。

　　罢了，陪伴冰灵一年又两个月的小橙偶就此作别，那天我的朋友圈有如下记录：

我以为它是爱它的

毕竟这是它到上海后的第一个玩伴

同住同睡同游

同春同夏同秋

在第二个冬天到来之前

友谊就这么破裂了

永别了

你的爱

是不可承受之痛

像所有的小狗小猫一样，冰灵酷爱球。

刚开始的线球它经常玩，但是因为球大又硬，它很难咬住。我们又给它买了一只网球。还有陶陶小时候玩的小皮球，也都被它霸了去。我最喜欢它咬住一只小皮球的样子，黑溜溜的眼睛和鼻子，就像小足球上的黑点，简直浑然一体，不要太和谐哦！

许是因为我们不是专业的，也没有专门的训练过，冰灵不太会玩"你来扔我来捡"的游戏。它也想玩，想玩的时候就叼着球晃晃悠悠地来找你了。你不理它，它就想方设法把球放在你脚上、你腿上，或是叼着球用头使劲拱你，嘴里发出哼哼唧唧的请求声。你若继续假装不明白，它就急了，放下球就开始嚎："啊！啊啊！啊啊啊！"

可是真要来跟它玩了，它就会叼着球一溜烟跑掉，你去追它拿球，它就叼着球钻进桌子下面躲起来，一副舍不得给人的模样。

长大点以后，它开始略略懂得人并不

是要抢夺它的球，只是想跟它玩，但它还是不会主动把球交给来人，而只是嘴巴一松，让球掉落在地上，让人来捡。

你一旦捡起它的球，它立刻向前一蹿，抖擞起每一根毛发，准备去跑、去追、去捡你丢出去的球，有时跑得太激动了，自己把自己在地板上绊个跟头，好笑得很。

我常常用假动作假装把球抛出去了，害它跑出去老远才发现上当，球还在我手里，又急急忙忙兜回来，眼睛紧紧盯住我的手，身体随着我手的方向跳来跳去。

我把球丢出去，它欢快地跑去捡球叼起，然后，依然的，它不知道送回来给我继续玩，而是站在捡到球的地方，眼睛看着我，嘴巴一松，球掉落在它面前——它等着我去捡，再跟它丢着玩。

所以跟冰灵玩球，同时还是一个锻炼身体的方式，因为你也得走来走去捡球。

要是我正有事，没空理它，有一个好办法就是扔给它一个乒乓球。乒乓球很轻，弹跳性能超强，随便一碰就"乒乒乓乓"跑远了。冰灵在屋里各个角落地追寻，费了半天劲刚找到球叼回到窝里，还没喘匀气儿呢，不小心鼻子一碰，球又"乒乒乓乓"跑远了！

冰灵爱叫，这挺不招人待见的。可是它娇俏，颜值高呀，喜欢它的人还挺多的，小米就是其中一个。跟冰灵初次见面的时候，小米就带了一只紫老鼠作见面礼。那时冰灵还小，这只

老鼠刚刚好能被它咬住，所以它很喜欢，没多久就咬掉了尾巴，变成了没尾巴的老鼠了。

今年小米来看冰灵，又给它带来一个新玩具：一只玩具小熊。小熊穿着T恤和牛仔裤，还戴着帽子，是位衣冠楚楚的熊先生。冰灵激动得很，首先咬住了它的帽子，扯了几扯没扯掉，就把它拖到了院子里，不知打算怎么处置。

至于被冰灵行贴面礼而咬掉鼻子的鄂尔多斯小羊，因为想研究人家的眼珠而强行扯掉的燕郊小鹿，大概因为过于栩栩如生而在一小时之内被撕碎的济州岛爱叫鸡，就别提了。

最让冰灵抓狂的玩具，应该非小蓝球莫属了。小蓝球是一只比乒乓球略大、表面光滑的硬塑料小球，是陶陶小时候迷恋某个动画片时买的，质量很好，弹跳性能一流，又恰好大于冰灵的嘴巴。它咬不住、磕不破、抓不牢，唯一能做的事就是追着小球满屋跑，气得嗷嗷叫。

因为怕把冰灵气坏了（主要是嗷嗷叫太吵），我把球藏了起来。有时候它惹我烦了，我就拿出来气气它，再收起来。冰灵大概非常惶惑：这玩意儿神龙见首不见尾的，可真是厉害！

狗狗也要看颜值

陶妈

在狗界，冰灵的颜值大概算比较高的，去年它半岁大的时候，我们第一次带它去生态走廊散步，遇到的狗狗都很"痴迷"地拜倒在它裙下。它那时还小，不凶、不叫，只是胆怯瑟缩地往我们腿上靠。有三只博美小兄弟，不顾主人的召唤，跟着我们一直跟到车子跟前，看我们上车离去才怅然转身。

后来慢慢长大了，冰灵养成了刁蛮公主的性格，一言不合就"汪汪"大叫，看起来凶蛮得很，即使这样，每次出门还是会遇到"粉丝"。有一只同龄的博美小哥哥，每次遇到冰灵都会抖抖索索地上前，冰灵狂叫，它就驻足；冰灵静下来，它再试探。最被惹恼的一次，它也只是象征性地冲冰灵叫了几声，音量递降，似乎是在委屈地抱怨。

有一次，我们把冰灵带到了校园的草地上，于它小小的身躯而言，这片草地无异于一片大草原。它兴奋地拔足狂奔，以我们为中心划了一个大大的圆。这时保安叔叔过来了，颇威严地看着我们说："校园里不能遛狗的，抱起来吧。"然后驻足看了冰灵半天，"这小狗长得挺好看！"笑呵呵地走了。

有一阵子，冰灵不光对狗凶，对人也凶。在路上看到行人，都要龇牙咧嘴"汪汪"半天，还作势欲扑……人们往往是停下来，看着它笑，边笑边夸它很好看，弄得它莫名其妙。

斑斑刚来的时候，皮皮带两只小狗出门遛，有人觉得斑斑颜值不高。皮皮很会用词："冰灵是美，斑斑是萌。"

其实美不美，全在乎心，每个父母都觉得自己的娃最可爱，每个主人，也都觉得自己的宠物最美、最萌吧?

小狗穿衣服

陶妈

　　没养冰灵的时候，看到别的小狗狗穿着衣服鞋子，虽也觉得可爱，还是会忍不住地想："这不是束缚动物的天性吗？为了取悦人类而被动穿上衣服的狗狗，岂不是跟马戏团里的动物一样吗？"

　　所以刚开始养冰灵的时候，我一点儿也没有给它穿衣服的心思。

　　小狗小猫这样的动物，养久了，在人心里的地位和感觉就会慢慢变化，不再觉得它是动物，而是跟家人一样的感觉。看着冰灵圆圆的大眼睛，歪着头审视着你，感觉它似乎跟人一样什么都懂，只是语言不通而已。我打开零食柜想拿东西吃的时候，它的眼神似乎在说："想偷吃？你可瞒不过我！"我们上班、上学离家的时候，它不追不缠，躲在桌子下面，眼神黯淡，似乎在说："又都走了，又只剩我一个了……"

这样不知不觉到了 11 月，天凉了，晚上看到它趴在窝里睡觉，我会自然而然地给它盖上一块毛巾，怕它着凉。早上打开阳台门的时候，凉风飕飕地钻进来，我开始想："天凉了，要不要给冰灵买衣服穿？"

冰灵的第一件衣服，是一件蓝白格子的小大衣，很衬它的毛色。刚开始穿上的时候，它有一点拘谨，站在沙发上不知所措，可一看到吃的，立刻忘了身上多了件东西，奔跑跳跃欢脱如常。

小大衣有短短的袖子，冰灵身形娇小，时不时就把一只前腿缩进衣服里面去了，然后三条腿儿到处蹦跶，吓了我好几次。于是，我又给它买了第二件衣服：玫红色的小棉背心。玫红背心很修身，它再也不能化身"三条腿儿"瞎蹦跶了。

刷微博的时候，看到用旧衣服 DIY 宠物衣服的视频，立刻动了心，动手用旧卫裤给冰灵做了应时应景的圣诞老人服。

发现了 DIY 这条路，冰灵的衣服立刻丰富起来。两只袜子拼在一起的套头背心、陶陶的田园风格子长裙改的小裙式背心……

有一段时间，陶陶看了一些关于特工的小说，突发奇想要我给冰灵做"特工服"。什么是特工服呀？黑色的紧身衣吧。于是，我们把陶陶小时候一套睡衣中的黑色尖顶帽改造成了冰

灵的衣服。冰灵穿上这身黑色的"特工服"以后，显得分外矫健，跳上跳下，跑来跑去，腾、挪、辗、转，真成了一个优秀的特工了！

有时候下雨了，冰灵就不方便跑出去玩了，所以有个小雨衣还是很有必要的。我把陶陶小时候画画用的防水袖套给它做了一件防雨小披风，陶陶说："看起来像个 super dog，哈哈哈。"

冰灵狗生里的第一个新年，总要穿红挂绿喜庆一点。我们用陶陶的红色呢子大衣的帽子，给它做了一件新年装，跟陶陶配成"母女装"，在新年的第一缕阳光下，拍出暖暖的 2017 第一照。不过，这件呢子大衣是双面呢，太粘毛，所以不常穿，只能偶尔穿出来摆造型。

小碎花的"母女装"就多了几分斯斯文文的田园风，看冰灵多开心！

秀了这么多冰灵的衣服，其他还有很多！因为大部分是旧衣服改造的，所以常常是穿几次就扔掉了。发了好几次冰灵穿衣服的照片后，有朋友问我："你们那儿很冷吗？"

确实，刚开始给冰灵穿衣服，是冬天即将来临，怕它的小身躯经受不住寒意，后来就纯粹出于爱它，欣赏它在不同的花色衣服包裹中呈现出来的不同感觉：或娇媚，或矫健，或温柔，或斯文，或天真。也许你会说，你这不是为了满足人的审美感觉吗？小狗狗可不在乎这些，也不会想这些的哦。

不过，人养狗，狗爱人，即使是人与人之间，我们不也是会说些什么做些什么来取悦所爱的人吗？所以我相信，冰灵穿上小衣服，仍然是快乐的。它的心灵与感情不会受到束缚，身体也是自由灵动的。

退一步说，仅仅从实用的角度，狗狗穿衣服也是有好处的。在寒冷的天气里可以防寒保暖，尤其是冰灵这样有些小娇弱的狗狗；出门玩可以保持一定程度的毛发干净，毕竟，与频繁地洗澡和穿衣服比起来，前者对狗的皮肤伤害更大；有一定的保护作用，在它去外边玩儿的时候，免不了被树枝枯草划伤、被小虫子钻进毛发里等等，穿衣服就可以预防一部分了。

当然，晚上睡觉不穿、夏天不常穿、衣服质料不好不能穿，这也是常识了。

有时候，冰灵自己也会穿上新衣服摆一摆pose，真是可爱呢。

遛狗

陶妈

接冰灵回家之前，我们一家签了一份"养狗协议"，声明各自的职责，比如我负责生活照顾，陶爸负责早上遛狗，陶陶负责下午或晚上遛狗等。冰灵到家之后，协议很快便成了一纸空文，似乎他们个个都很忙，冰灵又特别黏我，有时陶爸带它出去遛，它看看我留在家，就固执地不肯跟他去，虽然它很想出门。于是，当然，我也只好陪着出门了。

刚开始，我们就带它在小区里遛。小区中心小花园的后面，有一块比较大的草地，冰灵刚来的时候才 3 个月大，这块草地对它来说就像草原。那时我们也没牵绳，它可以自由自在地蹦跶。它常常一头冲进去，像冲锋一样朝前狂奔，却在中途一个急刹

150

车卧倒，对着一棵随风摇摆的小草大献殷勤。

那时它不爱叫，总是默默的，也不会奔到远处，只在我们身边绕圈圈。

后来，它慢慢长大了，开始爱叫，看见人会叫，看见其他狗狗尤其叫得凶。速度也快了起来，我们就每次都牵绳出门。

陶爸设计了一条路线：出小区门，右转，走到前面的十字路口，过马路到对面的广场，在广场散步玩够之后，再回家。第一次带冰灵去，它走到半路就不肯走了，小身子使劲往后坐，哼哼唧唧的。只好抱过去，到了广场再放下来玩。广场上有一段短短的木栈道，走上去小爪子发出"嗒嗒嗒"有节奏的响声，像小军队开过来了。

可是第二次出门，刚出了小区门，它就不肯走了。它似乎完全明白我们的意图，就是不肯走，还一直掉转头往小区里面跑。

第三次，刚转过弯，远远望见小区门，它就掉头逃跑，硬是不肯出去。

后来我就放弃了这条路线。

我也曾觉得好奇，这个小脑袋瓜里到底在想什么呢？如果我一点也不勉强它，不指挥它，它会想走到什么地方去呢？

于是有一次，我就完全跟随着它走，看它究竟想去哪儿，想干什么。

一出单元门，它首先冲着门前停着的车子底下一顿狂吼，还把脑袋探进去查看，把一只躲在车子下面的猫吓得逃了出来，

然后它就追猫。猫跑出几步，停了下来，冷冷地蹲在前面转头跟它对峙，大概这聪明的猫看到我牵着绳子，知道狗狗尽管狂叫，却奈何不了它。

冰灵急死了，瞬间变成了直立动物，使劲拽着绳子往前扑。猫咪大大咧咧的样子让我觉得好玩，我就跟着冰灵跑了过去，猫咪一看势头不对，钻进灌木丛中不见了踪影。

冰灵悻悻然停住了脚步，四处打量一下，远方停着一只小鸽子，立刻成了它的新目标。

找猫、追鸽子，把自己累得气喘吁吁，冰灵略向前走了几步，还没走到小花园呢，就转头想回家。这时另外一只狗出现了，冰灵立刻像吃了兴奋剂一样，"嗷嗷"叫着往前扑。那是一只4岁的边牧，胆子奇小，一听见冰灵的叫声，就往后退，缩到主人腿后面，低着头，偶尔抬抬眼珠子瞅一眼冰灵。

边牧主人一边嘲笑自己的狗胆小，一边逗冰灵。我一边道歉，一边呵斥冰灵，冰灵兀自亢奋。

然后它累了，自己循着回家的路，小碎步颠颠地跑回了家，趴在电控门上等开门。

单元楼门长得一模一样，它也常常有走错门的时候，着急得两腿直立，前爪交替在门上抓挠，要是个子够高，它可能就会按门铃了。

遛狗的时候经常会遇到别的狗狗，狗主人也是各种各样。有的主人不仅喜欢自己的狗狗，也会对爱叫的冰灵很宽容、友爱，跟它说说话，跟我交流一下；有的主人总是觉得自己的狗是最好的，话里话外透着高高在上的优越感。

在江湾生态走廊，我们曾经遇到一对老夫妻，带着三只博美小公狗，三只小哥哥对冰灵很感兴趣，老太太也斜着眼睛看看冰灵，说："你们这个品种不好，你看，尾巴是歪的，你看我们的三只，尾巴像朵花，多好看！"惹得陶陶很不高兴。可惜三只小哥哥不给老太太长脸，一直跟着我们，因为没牵绳，叫也叫不走，追也追不上，急得她不行。

在小区里我也遇到过一只很可爱的小黑泰迪，泰迪很可爱，很友好，想跟冰灵玩，当时冰灵在草地上。但泰迪的主人，一位衣着打扮很时尚的女士，不肯放它上草地，小黑着急得把身子绷成了一根斜线。主人很骄傲地说："我们小黑从来不上草地，草地上太脏了！我们小黑每天早上要刷牙的，每天晚上要洗脚的，我们小黑很爱干净的……"冰灵时不时叫几声，她说："哎呀，博美就是太爱叫。这种狗的心脏病发作比例是狗狗里最高的，就是太爱叫、爱激动……"我微笑地看着她，觉得相比较而言，她的狗真是可爱得多了。

没有养狗的时候，每天在小区里匆匆来去，交往的邻居很少。有了冰灵以后，在小区里遇到同遛狗的邻居们，感觉他们非常友好，也很热情。冰灵没有好好交狗朋友，我倒是认识了不少铲屎官朋友，这也是遛狗的附加好处之一了。

生活需要仪式感，即使是一只小狗

陶妈

美剧《绝望的主妇》里有这样一段话：无论身心多么疲惫，我们都必须保持浪漫的感觉，哪怕只是走个过场，也总比连过场都懒得走要好得多。（We have to keep the romance going. No matter how tired we are. The only thing worse than just going through the motions is not bothering to go through the motions.）

"保持浪漫的感觉""走过场"，就是我们生活里的仪式感。过生日的时候，影视剧里常常会出现"surprise"，面对突然出现的蛋糕、蜡烛、鲜花、礼物、周围含笑等待自己的表情的人们，主角就算心里明镜似的，也得表现出吃惊、意外、喜极而泣，然后说："我自己都忘了……"

　　每个人都心知肚明，但这样的仪式依然使我们得到满足与快乐。

　　《小王子》里说：仪式感就是使某一天与其他日子不同，使某一时刻与其他时刻不同。仪式感的意义，就是让我们感觉自己是在生活而不仅仅是活着，而那些愿意花心思给你带来仪式感的人，往往都是爱你的人。

　　小狗，也是一样。

　　冰灵，就是一只非常讲究仪式感的小狗。

陶陶回家的欢迎仪式

　　陶陶早上出门上学，冰灵总是站在饭桌下面默默地看着，不叫，也不追，一副小可怜的模样。下午到了放学的时间，它早早就等在门口了。

　　门铃一响，它就高兴地在门口原地转圈，要是开门晚了，

它还会站起来挠门、歪头冲屋里人大叫。门一开，它立刻冲到楼道里，看清楚是陶陶，高兴地转身就奔回屋里，直冲向院子，嗷嗷叫两声，然后回来。

这时的陶陶，已经放下书包，换好拖鞋，坐在沙发上。冰灵就跳上跑步机，从跑步机跳上沙发，跳进陶陶怀里，蹭啊、扭啊，藏起耳朵探头来舔下巴、舔手，嘴里发出欢快的"呵呵"声，时不时咧着嘴巴笑。

要是陶陶还没坐在沙发上，它就站在跑步机上等着；有时陶陶已经拦腰把它抱在怀里坐在沙发上了，它还会扭身跳下来，重新跑到跑步机上，完成自己的欢迎仪式，真可谓一丝不苟。

想要拿玩具的时候，它明明已经可以随便从地上纵身跳上沙发，但在这欢迎仪式里，它一定要先跳跑步机、再跳沙发，一步也不能错漏。

讲究！

冰灵吃狗粮的就餐仪式

冰灵不爱吃狗粮，每天都是等到晚上，饭桌上人去桌空，实在没什么念想了，它才不得不考虑狗粮。

跑步机前面有一小块皮垫子，冰灵平时得了什么好吃的东西，总是趴在这里慢慢享受。冰灵吃狗粮时，也总是先叼出一粒来，趴在皮垫子上，用爪子从左拨拉到右、从右拨拉到左，鼻子嗅嗅，嘴巴拱拱，然后才含进嘴里，歪着头，用后槽牙"咯吱咯吱"咬碎吃。

吃完一粒，再来一粒。吃完两粒之后，它才似乎终于觉得这狗粮也不是不能接受了，于是来到食盆前，"吭哧吭哧"吃上一气。这一天就圆满结束了。

把狗粮叼到专用来享受"美食"的皮垫子上，这应该是冰灵赋予狗粮"美食"意义的仪式吧。

如厕后的庆祝仪式

一楼得天独厚，有个小小的院子，虽然小，也够冰灵驰骋的。

冰灵4个月的时候到我们家，那时还是婴儿时期，每天大小便无数次。我们就在阳台门上给它开了小门。它非常聪明，进出了一两次就熟练自如了。从此把院子里的花坛霸占为它的卫生间。陶爸还特意清理掉了花坛里的花，给它种成了草地。

花坛是窄窄的长条形，冰灵每次出去，总是先把院子各个的角落都跑跳喊叫一通，然后跳上花坛，从东到西再从西到东跑两趟，最后选定一头如厕。

而且，它总是在花坛两头轮流如厕。

小便就算了，每次大便完，它都会很兴奋，先在草地上蹭蹭脚，然后奔跳进屋，从阳台跳上跑步机，再跳下来绕过沙发，直奔厨房，来回飞奔好几趟。跑的时候弓背垂尾，低着头，抬着眼，好像追逐着什么了不得的猎物，嘴里发出"咻咻"声。

这时候叫它的名字，它只略顿一顿，有时看你一眼，继续跑。

要是有什么人、什么东西挡了它的路，它也毫不停顿地绕开了继续跑。

有时候，它还会边跑边回头看你一眼，好似在炫耀：看，我跑得快吧？就像有时它嚎叫，叫几声还得意地回头看看我，似乎在等待我的夸奖，待发现我脸色不对，就立即灰溜溜地钻桌子。

这疯狂的奔跑是它与生俱来的本能反应，还是它解决完了身体舒服、心情得意？抑或是对我们释放的信号"铲屎的，快去干活吧"？不得而知，它也不会告诉我。

这只很有仪式感的狗狗，很知道享受生活，对待自己的欲求毫不马虎，倒是有几分像它的主人呢。

带冰灵出门，最担心的是什么？

陶爸

说实话，每次带冰灵出门，我挺害怕撞到警察的。不是我怕警察，是怕警察不待见冰灵。

上海总体来说是个对宠物还算友善的城市，虽然规定养狗要持证，但极少当街或者上门检查。我最怕的是像路学长执导的《卡拉是条狗》里的那种情况，主妇带着卡拉出门溜达，转眼就被派出所打狗队抓走了。

葛优和李滨饰演的老二和亮亮父子，在片中最主要的任务就是想方设法从警察手里弄回因无证养犬被抓走的卡拉。

父子双双上门哀求未果后，父亲借来假狗证忽悠失败，儿子趁黑翻墙想偷抱回来也未遂，辗转托神通广大的三爷（冯小刚）

开后门要回来，也闹了个狸猫换太子的乌龙。

我至今认为《卡拉是条狗》是路学长最重要的一部电影，也是最能体现葛优演技的一部电影——老二这个人设实在太适合他了。这部电影也确实拿奖无数。

大陆涉警电影中，20世纪90年代初期宁瀛导演的《民警故事》也是我喜欢的一部。这部电影里的所有演职员都是非职业演员，全片也带着浓郁的纪录片风格——最重要的是，抓狗也成为贯穿全片的一条重要线索。

非职业演员李占河扮演西城分局德胜门派出所片警杨国力，开场接到的任务就是和同事们一起在什刹海附近的胡同里追捕一条咬人的狗。

出发前的动员会上，所长布置任务时特别交代了一段话：

今天务必找到这条狗，如果发现是群众有主的狗，可别像以前似的，当人家面给打死，记住啰！如果发现狗的状态不好，无论冒多大危险，不能让它再伤害群众，一定要就地打死，绝不含糊！

拎出这段话来，是因为几天前的长沙街头，也出现了和片中类似的事件。一条金毛犬连续袭击路人。警方接报后派警员前往围捕，持棒当街击毙，血溅街头。

这条新闻实在是一件最普通不过的基层警务事件。

中国的警察和欧美概念里的警察不一样，事无巨细，都得管。其中，抓狗、打狗就是一件相当重要的任务。

你看，在《卡拉是条狗》里，夏雨扮演的片警，管狗、抓狗也是重要任务。背景也是北京，而且也是西城分局。

《民警故事》也拿了不少奖，我想评委们应该是被这个片子原汁原味的纪录片风格给打动，不，震动了。

该片获得第二十七届印度国际电影节银孔雀奖，第四十三届西班牙圣塞巴斯蒂安国际电影节评委会特别奖和国际影评人奖，法国贝尔福国际电影节最佳影片奖，第十三届意大利都灵国际青年电影节最佳影片奖，第九届新加坡国际电影节特别评审奖，第四届大学生电影节最佳故事片奖。

这可能是拿境外奖最多的涉警片子，也是在影像中了解中国警察真实情况的绝佳电影。

像《民警故事》里这种粗口不离嘴、香烟不离手，动辄呵斥、推搡、扇耳光的基层警务画面，在现在的警务实践中已逐渐减少，在影视剧中自然也很难再出现。

《卡拉是条狗》里，同样是片警，同样是一口天然有理的纯正京腔，夏雨饰演的西城警察就要文质彬彬多了，再也不见烟雾缭绕和爆粗口。

即便是抓狗、打狗这个主题，从《民警故事》上映的1995年，到《卡拉是条狗》的2003年，再到"长沙警方打狗事件"的2017年，这20多年间也是一条显而易见的进化链。

按照德胜门派出所老所长的讲述，20世纪90年代中期以前是警察习惯了只要抓住狗了就要就地正法，当着主人的面打死是常事儿，很少考虑狗主人的感受，更无暇顾及社会观感。

到了《民警故事》所描述的年代，至少已经顾忌到当着主人面打狗的粗暴做法带来的不良后果了。但像麻醉枪这样的人道执法方式，还是不在考虑范围之内，仍是人手一根粗棒子，骑着自行车满大街狂撵。

到了21世纪初的《卡拉是条狗》里，至少装备已经升级了。粗大的榆木棒子已经换成了各种捕狗器具。

警察们再也不用在什刹海冰面上和野狗赛跑，也不再一窝蜂地将野狗就地乱棍打死，关进笼子的无主无证狗，都被一车一车地拉往郊区的狗肉店静悄悄地处理。

有意思的是，两个片子的结尾都耐人寻味，杨国力以获处分告终，卡拉也莫名其妙地回到了老二的家里。这个逻辑模糊的结尾似乎在暗示环境改良与制度进化还有一条漫长的路要走。

"长沙警方打狗事件"至今还处在口水战中，以宠物保护组织与警务自媒体为代表的两拨势力正激烈地争论着。

这其实也是挺正常的一件事儿。健康的社会生态里，本就该有形形色色NGO（非政府组织）团体的声音。能为狗维权，就有为人维权的机会。

想起《民警故事》里，警察能上门搜查，对小女孩逼问狗藏在哪里。这个细节太真实，20多年前我和太太在北京大学生电影节上看时不觉得有太大问题。现在我们都已年过四旬、为人父母，再看这种细节已觉无法接受。难以想象上海警察会上

门来搜查，找陶陶来逼问冰灵的下落。

《卡拉是条狗》里，老二父子想方设法弄回卡拉，各种歪门邪道，各种奇技淫巧，包括最后卡拉的莫名回归，都是缘于社会没有正常的抗辩空间。

而现在，至少动物保护团体也能有效发声了。所以，"长沙警方打狗事件"本可成为一个提升和展示公共论争水准的机会。

一位湖南省直宣传系统的领导和我感叹，长沙警方其实说三句话就够了，第一必须说清事实基本面与处理的紧迫情况；第二应谦卑表态，承诺以后会尽量改进这种观感不佳的工作方式；第三严正地告诉爱狗人士应恪守法律边界维权。其他都是多余。

从《民警故事》到《卡拉是条狗》，得承认这20年来有不少进步。也真心希望以后任何时候带冰灵上街，不会讨人厌，也不用提心吊胆。人心安理得，狗开心撒欢，人狗和谐，这才是正常社会里应有的图景。

第三篇

宠物回忆录

快快

陶陶

在养冰灵和雪儿（我养的一只小兔子）之前，我还养过一只小仓鼠，叫快快。

快快是我四年级秋游时买到的。当时，有一个卖小仓鼠的小车经过，一排排透明的小笼子里装着一只又一只小仓鼠。它们又小又嫩，像一块块小豆腐，黑色的小眼睛亮亮地盯着外面的世界，在笼子里爬来爬去。那次几乎全班每个人都买了一只小仓鼠，几乎每个人都像捧着珍宝一样把小仓鼠带回了家。

我也没怎么挑，就选到了小小的快快。它很小、非常小，软软的皮毛贴着背，而背上的筋骨也都是软的，显得特别稚嫩可爱。它的毛色是浅灰色，上面有淡淡的黑色长纹，像松鼠，但尾巴是小小的一截缩在屁股上。它整个身子都是圆圆的，尤其是蜷起来的时候，配上尾巴，就像一只小小球紧贴着一只大球。我把快快从笼子里抓出来放进手心，它稍微拘束了一会儿就胆大了，脑袋紧贴着我手掌的掌纹嗅来嗅去，然后顺着我的手心往我手臂上爬，又快又稳，一会儿就快爬到上臂去了；我害怕它摔下来，就把它轻轻放回笼子里，看它跑得那么快，就直接取名叫快快了。

阳光下的影子在拉长、绕着人旋转，像一根不规则的时针。快快累了、睡了，蜷缩在笼子里的样子很平和，安安静静地缩在自己用笼子中的木屑搭建的小窝里。春游结束了，小小的快快就随着我回了家，那天在车上大家都在互相比较各自的小仓鼠，没有的就去看别人的小仓鼠，有白色的，有黑色的，还有黑白花色的；有爱玩闹的，也有喜欢安静的。也出现了悲剧，有的小仓鼠在被主人拿着炫耀比较的时候掉在地上摔伤或者掉进车座缝里找不到了。初坐在我旁边看快快，我们都觉得相比较而言快快最普通，灰灰的、不起眼的皮毛在淡黄色木屑里静静地睡着，看不出有什么特别之处。

过了很久很久我才发现，原来它的特长是长寿。

才养了1个月，同学们的小仓鼠都纷纷传来噩耗：谁家的小仓鼠冻死了，谁家的小仓鼠不小心被踩到了，谁家的小仓鼠莫名其妙地就不动了、病死了。一年以后，全班只有三只还活着的小仓鼠，一只是汪家的，一只是范家的，最后一只就是我们沈家的快快。汪家小仓鼠是放养的，整天在地板上乱窜，挺佩服他们竟然都没有踩到过它。

而快快一到我们家就在这里住了三个半年头。它先是住在那个透明的小笼子里，但我们都不想让这个小家伙终生瑟缩在那个小小的空间，于是给它买了一只上下层的大笼子。那是一只粉色笼子，上下层之间有小楼梯；下层空间大，是游乐场，铺满柔软的草木屑，安放了仓鼠浴沙盆、仓鼠跑步机、磨牙奶酪、磨牙苹果木、鼠粮盆和水盆；上层是一个小平台，上面有一个粉屋顶白墙的小房子，我们在里面塞满了棉花。它很聪明，自己钻到放满棉花的小房子里，又撕又咬地撕出一片容身的空间，休息时就爬进去蜷成团暖暖地睡觉。

平时它也喜欢下来玩儿，在仓鼠跑步机上可以跑得很快、非常快，蹬得那个小转轮呼呼作响，然后突然停住，反方向再跑一阵。那块磨牙奶酪它也很喜欢啃，但奶酪太大了，又是不方便啃的正方形，啃了三年都只啃掉一点边边角角，它还是坚持不懈每天都啃啃。苹果木细，倒是很快被啃完了，后来它也不要新的了，就开始啃笼子，把很多根铁丝都啃掉了漆。它洗澡的时候最可爱，在浴盆的浴沙中滚来滚去，眯着眼睛翻滚一番后跳出来抖掉细绒毛上挂着的沙粒，一副傻傻的、天真的模样。

后来它又开始倒腾鼠窝，把小房子里的棉花统统扯出来，扯到楼下造了个新窝。从此快快就一直住楼下，而且它的上楼方法也变了，不走寻常路，直接爬上仓鼠跑步机以后往楼上小平台跳。有好几次它挂在平台边缘挣扎半天又掉下去了，但还是沿着这条神奇的新路往上蹦。快快长大了，毛色没有变，但体型变大了一点点，而且越来越淘气，力气越来越大，能耐也越来越大。终于有一天，我们发现，它快要能从顶上越狱出去了。

我们只好又给它换了个更坚固的房子。这是个真豪宅，是个红笼子，有三层。

换了房子它又把棉花塞回放进红笼子中的小粉房子里去了，好奇怪，是怀旧吗？

从换了新房子开始，它进入壮年，进入生命巅峰，也就是最调皮的一段时间。它花了一个星期把它够得到的铁丝都啃掉了漆，然后开始玩杂技，学会了踩着横栏往上爬，爪子勾着铁丝，身子拉得非常长，整个身体都挂在铁丝上垂在空中。这时候我特别喜欢用手指轻轻戳一下它的肚子，它无法反抗，只能颤巍巍地跳着往旁边爬，企图躲开；有时候就直接往后一倒，摔进笼子里去了。

那段时间它非常闹腾，没事就想越狱。

有一天，我们走到那个大笼子那儿，就看到快快在透明的房顶下面的三楼上挣扎。它拼命顶那个可以打开的天花板盖，顶开一次往外钻，钻到一半被落下来的盖子压住，卡在那里无比尴尬。我们把它轻轻揪出来，它挣扎着又蹦回笼子里了，于是我们封闭了三楼的通道，要它好好待在笼子里——越狱的快快到处都是天敌，说不定什么时候就被小鸟啄走、被流浪猫吃掉了。

但很快它就消停了，不再闹腾。

当时我也没注意，就觉得它外出活动的时间变少了，啃栏杆的时间也少了，总是缩到小窝里睡觉，喂它吃东西要喊它很久，它才慢腾腾地爬出来。它变得嗜睡、不爱活动，我有点纳闷，有点隐隐的不安，但也没有去深究，就让它静静地缩在房子里。

　　突然意识到养它已经三年半时间了。

　　仓鼠正常寿命是两年半到三年，活到三年的已经是高寿了。当时我已经上了初中，以前班里的人都散掉了，有几个人去了别的初中后就杳无音信，其他的分散到四个班，平时见到问个好，同学之间的感情也渐渐淡了。时间的雾气把每个人都包裹起来，以前到现在关系从未变淡的人屈指可数，初算一个。

　　那些小仓鼠们早就消失在我们的生命里，也许被遗忘了，也许没有。不管怎样，它们都只属于小学，只属于那届三年级，甚至只属于那一天。只有快快还伫立着，在岁月的洪浪汹涌而来的时候。

　　它很老了，但体型也没有比以前大多少。它的陪伴悄无声息，静静地诉说着过去的三年半时光。它是一个纪念，是那三十多只小仓鼠的命运和归宿，是这三年半来走散的复旦附小三(三)班的人的记忆，是它自己，也是我成长的经历。看到它我就能想起这些，而且它走了以后，我仍然能够永远地记着它，并想起这些。

　　它是在一个阳光明媚的早晨走的，当时我们喊了它好久，都不见它的小鼻子从棉花团深处探出。妈妈把小房子打开，撕开棉花，看到它静静地缩成一个圆圆的球，闭着眼睛，安静得不能再安静。我轻轻抚摸它的毛，它一动不动，也没有睁开眼睛。

我们就知道了。

我把它轻轻埋到了院子里，用土仔细盖好。我其实不是很悲伤，因为它属于寿终正寝，而且在我的意料之中。只是有一丝遗憾和伤感。突然发现快快的死讯我能告诉的同学也只有那么几个人，而且会在意这件事的人更少。我告诉了初，然后我们一起感叹快快的生命力。

想起之前皮皮看到快快之后，也养了一只小仓鼠，取名慢慢，却因为疏于照顾被冻死了。当时皮皮生病了，他的家人把小仓鼠放在阳台上，只顾着照顾发烧的皮皮，忘了笼中的小慢慢。皮皮很遗憾、很伤心，春游时托我又买了一只小白仓鼠，它待的时间依旧短暂，在皮皮爸爸洗笼子的时候借机越狱，不知去向。皮皮不敢再养，我不知道那两只"慢慢"的心情如何，但它们在他心里也留下了深深的痕迹，也许随着时间的流逝，记忆会慢慢变淡，但不会消失，也许就是因为这样，他才会那么珍惜斑斑。

快快陪我走过的三年半里，它几乎从未叫过。

但我们家的所有人，永远、永远也不会忘记它。

白雪女王

陶陶

你懒洋洋地趴在院子里。

兔笼门又开了，野草和苜蓿七倒八歪，一片狼藉。你嘴里嚼着小桑树的叶子，不经意地向我打量了一眼，自顾自地把嚼着的桑叶吞下，转头舔理你雪白的、柔软的茸毛。我走过来，蹲在你身旁，你就微微竖起长长的双耳，随风微微颤动，等我伸手抚摸你的脊背，给你雪一样洁白的毛搔痒。但我刚碰触到你的身体，你便猛地蹦跶起来，追逐一只试图停歇在你耳朵上的苍蝇，一双嫩红的眼睛微微眯起，高高在上的神色好像尊贵的女王。

我站起来向你走了几步，你便突然跳到笼子上，雪白的小脑袋拱拱我的手，一扭屁股又蹿上高脚桌。你端坐在高脚桌中间偏右的位置，一边舔前腿上逐渐稀疏的白毛，一边做出要我抱的姿势。我走到你跟前，把双手伸到你的肚腹下，刚抱到胸口，你又使劲在我肚子上蹦了一脚，像在命令我换个姿势。你如愿以偿躺在我的臂弯里，而我像个女仆，在伺候娇气的小公主。

才休息了不到一分钟，你又挣扎着抓了我手臂一爪，从我怀里跳出来，欢快地在院子里奔跑玩耍。你又坐翻了一个花盆，吃掉了里面的花苗。你已经玩了好久，毛色不再洁白，钻废弃的下水道时还蹭上了许多灰尘、枯叶。你玩累了，自己钻进兔笼，旁若无人地埋头舔理自己的腹部。

我又把你抱出来，把专门为你买的宠物干洗沐浴露拿出来涂抹在你脏兮兮的皮毛上。你有一点冷，蹲在我双手下微微发抖，双耳却热乎乎的。我是你忠诚的主人、女仆、侍卫，我的小兔子雪儿，你听过白雪公主的故事吗？你是我的白

雪公主。不，不对，你比公主更美更傲气，你是我的白雪女王。

后记

　　写这篇文的时候，雪儿还在我的身边，现在雪儿已经不在我的身边了。因为要迎接小狗冰灵，妈妈觉得养太多小动物（包括我）太辛苦，于 2016 年 8 月将雪儿送给了一直很喜欢它的我的跆拳道教练。我虽然沮丧、郁闷，却也无奈。

　　每次去练跆拳道的时候，我都会缠着教练问东问西。教练告诉我，雪儿过得很好，因为他住在公园旁边，还常常带雪儿去公园遛一遛。雪儿在我家笼养时间比较长，每天在院子里放风时间很短，教练带它在公园的草地上遛的时候，它胆子很小，总是围着笼子转圈，一有风吹草动就赶快钻进笼子里。它还是很爱吃兔粮，胖胖的，一点儿也没瘦。它还是经常旁若无人地舔自己的肚子，让教练围着它忙得团团转，一如既往地当它的女王……

　　我的白雪女王。

再见，雪儿！你好，冰灵！

陶陶

　　我有过许多宠物，给我留下最深印象的是小兔雪儿和小狗冰灵。

　　它们都是雪白雪白的、毛茸茸的，雪儿长着一对长长的耳朵，冰灵翘着一条蓬松的尾巴。它们都是我的最爱，是我的宝贝，虽然它们从没见过面。

再见，雪儿

　　接冰灵回家时，妈妈坚决要把雪儿送走，理由是养太多宠物太累。

雪儿懵懵懂懂，一定不知道我为什么忧郁地抚摸它的耳朵，默默地坐在兔笼边。比起冰灵，它好像跟人不那么亲，但这并不妨碍我对它的喜爱和离别时的惆怅。以前，我常津津有味地想象雪儿和冰灵初次见面、互相嗅闻的样子，尽管那时的我根本不知道什么时候才能见到那只早被起好了名字的小狗。那时候我会抱着雪白的、温暖的、柔软的雪儿，低声告诉它那个即将到来的伙伴的想象中的故事。

可冰灵真的到来时，雪儿却不得不走了。

在妈妈的催促下，我和爸爸抬着兔笼，把雪儿送给了我的一个跆拳道教练。它安安静静、不慌不忙地蹲在笼子里，若无其事地舔着自己的肚皮。它明白自己将要投入另一个人的怀抱、步入一个新家吗？抑或，它根本不在乎？只是我在傻傻地担心它伤心，只因为我伤心？不管它在不在乎，但我在乎。

好在，教练有我们的微信，从微信上我可以看到，那只雪白的、温暖的、柔软的小白兔仍安安静静，不慌不忙地蹲在教练家里，眨着嫩红的眼睛吃兔粮，像什么也没发生一样。

你好，冰灵

开了好几天的车程，我才瞧见活生生、水灵灵的冰灵。梦想成真了哦，看到它的一刹那眼泪就流出来了，我甚至有一种侥幸——居然什么意外也没出，这么顺利就让我 12 年的心愿

成真！

嗯，和想象中的一模一样，白白胖胖的小肉球……雪白雪白的，毛茸茸的，黑色的眼睛亮晶晶、圆溜溜，像一颗纯黑的水晶球，颜色虽然是暗色，可反射出了一片阳光。这阳光不是外头照进来的，却是它自带的明媚，和我的泪水一碰，就闪出来一道虹。

只是可惜，雪儿不在。

要是雪儿在身边，我可以把两坨白雪团左右各一坨抱在怀里，让它们交朋友，让冰灵在离开自己生活了 3 个月的地方时不会太孤单。我可以一只手揉冰灵的肚皮，一只手挠雪儿的绒毛，可以让它们互相追逐游戏。我可以把冰灵和雪儿并排放在肚子上，看它们打瞌睡、互相舔毛。要是这两个小白雪精灵，这两个柔软的毛绒球在一起，我就可以说，我已经拥有了全世界。

如果雪儿在。

我和冰灵说过好多次雪儿的事，它眨巴着眼睛歪头看我，一条蓬松的小尾巴活泼地摇甩。它明白我曾有一个本该是它要好的伙伴的宠物吗？抑或，它也不在乎。它只在乎我、妈妈，只在乎它的主人和家。

雪儿，再见！冰灵，你好！

谢谢你们。

至少，你曾陪我一段路，你将陪我一段路。

我也养过宠物之小猫

陶妈

　　上初中的时候，我也曾经短暂地拥有一只宠物，那是一只小奶猫。我见到它的时候，它才刚满月，是爸爸从朋友家里抱来的。它身上是浅浅的、嫩黄色花纹，大眼睛非常萌，眸色也是浅浅的黄，天真的眼神，望久了，似乎能融进里面去。

　　它很黏人，小小的身子，总是跑到人身边去偎着。我上早自习回来，它就爬到我身上，在我腿上蜷成一团睡觉；晚上妈妈给它准备了一个纸箱，里面铺得暖暖的、软软的，可它每天早上都会出现在妈妈的床上，缩在枕头边，把妈妈的头发挠成一团乱草，做成适合自己的窝。妈妈总是笑着嗔骂它，却也拿它没办法。也试过把它关在卧室门外，它在客厅里可怜巴巴地"喵喵"叫，叫人不忍心。

慢慢地，它长大了一些，调皮起来。没有人理它的时候，它会追着自己的尾巴尖玩，身子滴溜溜转得像个小陀螺；或者不断爬高挖掘自己的潜力，椅子、桌子、炉灶、围墙……还会自己跟自己捉迷藏。我从学校回家吃饭，刚在饭桌前坐定，它就会一溜烟从我后背爬上来，停在肩上、头顶，玩杂技一样，害得我小心翼翼，生怕它摔下去。看书的时候，把它抱在怀里，一只手摸着它，它就可以安安静静地陪着我很久。

我已经习惯了每天进门有它迎接的身影，可是有一天回家，它没有出现。我很奇怪地问，妈妈说，爸爸的一个朋友抱走了，因为他家里的孩子想要。我立刻大恼：他家里的孩子？那两个孩子七八岁大，出了名的调皮，玩我的布娃娃瞬间就给扯烂了，怎么可以送给他们？我让爸爸去要回来，可我知道他只是敷衍，已经送给别人了，怎么能好意思再要回来？我想象着小猫最后的命运，忍不住关起门来伤心大哭。

从此以后，我再没见过它。有时听爸爸叹息着说起，我也没有去探问过它的近况，我宁可想象着它也许会自己离开，做一只野猫，至少享有自由。

遗憾的是，它在我身边三个月，我都没有给它取个名字。

之前和之后，我都没有养过宠物，直到多年以后，稚嫩女儿开始热切地恳求。

小仓鼠快快

陶妈

女儿刚开始牙牙学语，就表现出对小动物的各种喜爱。

刚会走路没多久，她爸爸带她到朋友家玩，朋友家里一只小猫崽，被她追着满屋子跑，躲进床底下，她也二话不说爬了进去。平时在路上、在公园里、在小区花园里，只要看见小猫小狗，她立刻就挨过去了，摸摸、说说话、陪着散散步，一副爱得不得了的样子。

3岁的时候去医院看病，硬是从爸爸手里"赖"到了两只小乌龟，养在金鱼缸里。可惜不到半年，小乌龟就先后病死了。

6岁的时候跟爸爸去钓鱼，在江湾钓到一条小小的、不起眼的小鱼，颜色微微泛黄，在水里几乎不大看得见，就放在鱼缸里养了起来。可是小鱼不会说话，也不能跃出水面、抱在怀里，女儿不免还是有些怅怅然。

2013 年 11 月 22 日，女儿参加小学四年级的秋游，小伙伴们争相购买宠物，女儿用自己秋游的零花钱买回来了一只小仓鼠。它还非常小，女儿的小手掌也可以完全握住。但它又机灵又敏捷，所以女儿给它取名叫快快。

快快有两颗滴溜乱转的小黑眼珠子，机灵活泼。小脚丫子粉粉的，迷你又可爱。它的毛色是不讨巧的灰色，仓鼠中的大众色。可是只要小主人喜爱，颜色又有什么重要，"情人眼里出西施"嘛。

刚开始快快的家就是一个小小的透明塑料盒子。11 月 28 日，快快乔迁新居，粉色的两层笼子，有转轮、有水壶、有卧室、有浴盒、有食盆、有楼梯。在苹果香味的浴沙中"沐浴"，吃吃喝喝、玩玩逛逛、锻炼锻炼，快快看起来很满意！

它喜欢每天都上上下下跑一趟巡视领地，听到一点动静就在笼子里朝外张望，最喜欢吃面包虫和葵花籽。喂它葵花籽的时候，人手指捏着瓜子的这头，它隔着笼子用两只小前爪抓住瓜子的那头，小嘴也来帮忙，从人手中"夺过"瓜子，开始双手捧着，津津有味地嗑瓜子。咬开皮、吃掉瓤，立刻双手抓住笼子直立起来，眼巴巴向外张望。

吃饱了、喝足了，它就会到滚轮上飞跑一阵子，常常是跑得飞快时突然停住，反方向再跑一阵。即使在飞跑时，它只要看到有人靠近笼子就会立刻停住跑过来，看看是不是有人送吃的来了。

冬天冷了，给它一些棉絮，它会自己用小小的嘴一点点扯松，造成自己喜欢的窝，然后钻进去，暖暖地待着。应该睡在小房子里的，可是它不管人类的安排，自己喜欢睡在哪里，就把棉絮安在哪里。小小的身子有无穷的力量，扯着棉絮搬动挪窝也不嫌费劲。听到外面有动静，它会先从棉絮中露出一个黑豆似的小鼻尖，然后才是小脑袋。

怕它一只鼠孤单，女儿给它买了好几个小玩具当作伙伴。有只白色的毛绒小鼠跟它最相像，可是它似乎对玩具不大感兴趣，刚开始试探地摸摸闻闻、舔舔咬咬，然后就丢在一旁。最重要的依然是：食物！

第二年的春天，快快又搬了新家：三层的"别墅"，活动空间更宽敞了。一楼玩耍吃食，二楼睡觉，三楼散步望风。已经长大了不少的快快喜欢不走寻常路，有时会从三楼直接跳下来，还曾经抓住笼子的铁丝沿顶棚攀爬一周。

它开始各种调皮，每天除了各处攀爬，表演高难度动作体操，还会抱着笼子各种啃，笼子四周的铁丝都被啃脱了皮，自己的塑料小房子也啃掉了四分之一。给它一支苹果木的磨牙棒，它很快就把树皮啃光，剩下光溜溜的芯。

进入 2005 年，快快又增加了一项新技能：试图越狱。三楼的顶盖已经关不住它了，好几次它用小嘴小手协作掀起了顶盖，差一点越狱成功。我们只好在顶盖上加了重物压住，或者撤掉从一楼通往三楼的楼梯，让它上不去。打开顶盖喂食或者看看它的时候，它会趁机想爬出去，也许是春天了，和风暖阳，它不甘心于笼中的困境。

可是作为家养宠物，它又不得不安居笼中。想想也是矛盾又悲哀，人类在豢养宠物的时候，愉悦了自己，宠物在失去自由的时候，是否也有遗憾？

时间转瞬即逝，快快来到我们家已有两年多。它进入了仓鼠的老年期，动作缓慢，反应迟钝，不再像以前那样上蹿下跳，在滚轮上玩的时间也减少了许多。但是只要有食物，敲敲笼子它还是会慢慢探出头来。

2016年1月17日，早上经过快快的笼子，发现它的食盆里还有不少食物，奇怪它这两天吃得很少，敲敲笼子也没有动静，令人感到反常。女儿打开了小房子的屋顶，拨开棉絮，看见它蜷缩着，好像在睡觉，碰碰它却没有反应。时间终究是带走了它，也许就在它睡着的梦里走了。

女儿闷闷不乐的，却也没有大哭，自从它慢慢变老，这个结局早就想到了。她只是觉得很愧疚。最近她有了新宠兔子，对快快的关注相应地减少了许多。年老而孤独的快快，走得安安静静、没有痛苦，于心稍慰。

每个生命陪伴我们的都只有一程，只要有相遇，必定就有别离。在那个阴郁的冬日的雨天，我们送别了快快，希望它已经去到阳光、温暖、自由、快乐的国度！

兔子雪儿

陶妈

　　2015 年 11 月 20 日，学校秋游，女儿又带回来一只小白兔。说起来，这不是她第一次养兔子，2011 年春节的时候，在徐州大伯家,她逛庙会也买回来过一只小白兔,我们开车带回了上海,才一晚就去了。我怀疑是因为徐州的房间内有暖气，上海没有暖气，它不适应寒冷的夜晚。我们怕女儿伤心，告诉她小兔子是为了自由偷偷溜走了。也许她有了一个小小的心结，也许只是因为白茸茸的兔子太惹人怜爱，在可以自己支配零花钱的秋游中，她用全部的钱，换了这只小白兔回来。

　　小白兔真是标准的小白兔，说它标准，是因为它符合童话故事中对小白兔的全部描绘：茸茸的毛，长长的耳朵，小短尾巴像个小毛球挂在后面，眼睛粉红粉红的。女儿给它起名叫"雪儿"。

刚进家门的时候，雪儿还很小，好奇地蹦跶着四处探看，闻一闻、嗅一嗅，掌握领地动态。每到领地的边界，就小便一下以宣示主权。

女儿最喜欢将它抱在怀里，顺着耳朵向后抚摸。它便眯缝着眼睛，耳朵向后顺贴在身体上，似乎很享受的样子。不过要不了多久，它就不耐烦了，急着要跳下去。

有时候它也能安静地陪女儿看会儿书，那是因为，它被装进了凳子里。小时候它胆子小，不敢随意跳出来，只好趴在凳子边缘张望，或者自己在里面转圈圈、张望。

慢慢地，它长大了，开始变得调皮而且强壮，很难再抓住它，更是不让抱。虽说是只小兔子，牙齿挺锋利，急了就咬人。平时更是到处咬，够得着的衣服、地毯、地垫、书本……于是，它住进了"豪宅"——笼子。

住进笼子也是不安于室，时时想逃跑。温暖时节，笼子放在院子里，我们隔三岔五地被院子里的动静惊醒，原来都是它"越狱"成功，在院子里撒欢儿。啃吃花花草草，打翻、打碎花盆都是常事。为了防止它屡屡外逃，笼子上先后加了两把"锁"。

每天早上给雪儿整理内务的时候，也是它自由的放风时间。它会在院子里奔跑几个来回，试试自己的腿脚，放松放松筋骨。然后再慢慢踱步，花花草草逐一检视一遍，先吃最爱吃的小菊花。

家里一盆小雏菊，像被它理发似的，开几朵吃几朵，总是只有叶子剩下来。紫兰也是它爱吃的，偏又繁衍得快，算是它不错的生鲜零食。

不过，似乎什么吃的都比不上兔粮。不管它在什么地方逗留，一旦我清理完兔笼，放进去干净的干草，抓一把兔粮，还没来得及放进食盆，它就扑了过来直接去手里抢食。待我迅速地把兔粮放进食盆，它就把头完全埋进去，开始不管不顾地大嚼起来。这时候，任凭你拽拽耳朵，拍打身子，关锁笼门，拉拉尾巴……它都浑然不觉，全世界只有一个字：吃！

雪儿在我家生活短短 10 个月，给孩子带来了很多快乐，她还专程邀请小朋友到家里来玩，让大家看看她的雪儿。她为雪儿写文章、写诗，她每天放学回家就想要抱一抱雪儿，雪儿长大拒绝抱之后，就退而求其次地抚摸它。

这也是为什么雪儿离开我家已经半年之久，我才第一次动笔记录它的离开。她对雪儿的喜爱越多，愧疚伤心就越多，我的无奈也就越多。因为机缘巧合，家里将迎来小狗冰灵，同时要养女儿、养小狗、养小兔、养乌龟、养金鱼，我实在觉得不堪重负，于是将雪儿送人了。

我记得雪儿送人之后，某次有位同学说女儿："你不是说会永远照顾雪儿吗？怎么把它送人不管了？"女儿长久无语，我亦觉得心痛。面对这样的诘问，也许无论如何解释都无法掩盖中途离弃它的不对；可是人生总有千般无奈，对别人发出诘问容易，让自己身体力行难。

好在，我们千挑万选，把它交给了可信赖的人；好在，我们可以随时了解到它的动态。我们知道它受到了很好的照顾，继续白白胖胖地做一个小吃货，也算心安。

长寿鱼

陶妈

　　女儿向我发起挑战，说："你的养宠记接下来肯定要写小狗狗，不会写我们的长寿鱼和小乌龟，因为写不出什么来。"咦？"那我偏就写写长寿鱼吧。""真的吗？"她歪着头看着我，有一点点讪笑，"我打赌你写不到1000字。""是吗？1000字？"废话谁不会说呀，想要字数多，咱们可以从头讲起。（这就100多字了）

　　好多公园里都有小鱼塘，让小孩子们钓着玩，所以女儿从会走路开始，就不断地往家里拎小金鱼了，只可惜都活不久，基本上一两天就没了。真正开始养金鱼，是从2010年7月开始的。

　　那时她爸爸喜欢上了新江湾湿地，买了简易的钓具，一到周末就嚷嚷着去钓鱼。我们就一起去，坐在河边。女儿刚开始还有点新鲜劲儿，坐在那里目不转睛地盯着河面，时不时收起鱼竿来查看一下——自然是空空如也。她爸爸啼笑皆非地劝阻她，让她多点儿耐心，多等等。可是半个多小时过去了，依然一无所获，女儿失去耐心，玩轮滑去了。

爸爸坐下来等鱼上钩，基本上也是没什么收获的。

看着旁边钓鱼的爷爷叔叔们一条又一条地收上来，女儿好生羡慕，围着人家的鱼桶转圈圈。有个叔叔就教她不用鱼钩，只用一条细线，线头上抹点鱼饵，垂进近岸的浅水，一会儿就有小鱼咬住线头，提上来，小鱼掉在草地上，捏起来放进鱼桶。

哇，果然高手！女儿惊叹不已，照着样子学，又叫爸爸来照着样子学，有时也真能钓上来，虽然这样提上来的鱼都非常小，只有手指粗细，但我们准备的桶却很大。结果那天我们回家，女儿兴奋地跟姥姥姥爷比画：我们买了一个大大的桶，钓了一条小小的鱼！

虽然是小小的鱼，也不能委屈了它，爸爸当天下午就去买来了玻璃鱼缸、彩色的鹅卵石、青绿的水草。小鱼在水里游来游去，逍遥自在。这条小鱼是最普通不起眼的样子，颜色也是很淡很淡的粉红，尾巴倒很长，占了身体的一半比例。

过了两天，女儿觉得小鱼太孤单了，就跟着爸爸去花鸟市场买来了几条漂亮的金鱼给它做伴。孰料"大都好物不坚牢，彩云易散琉璃脆"，漂亮的金鱼总是活不到一个星期。换了大点的鱼缸、买了氧气装置，还是不行。刚开始爸爸怕女儿伤心，总是趁着孩子放学前赶去花鸟市场买一模一样的金鱼回来顶替，如是几次之后，简直心灰意冷，我们放弃了给小鱼找伴的念头。它似乎也并不在意有伴没伴，自己优哉游哉。

直到两年之后，小鱼意外地有了个伴。

那是我们去海底捞吃饭，服务员看到我们带了孩子，说可以送给孩子一条金鱼，让她去鱼缸那儿选。她选了一条体形、大小跟我们家小鱼非常接近，颜色透着一点点淡黄的小鱼。两条小鱼一见如故，在鱼缸里结伴同游、一起嬉戏，女儿也总算了了给小鱼找朋友的心愿。

这两条小鱼非常好照顾，每天早上撒一点鱼食，定期换换水就可以了。寒暑假的时候我们出门去玩儿或者回老家探亲，刚开始还郑而重之地交托给亲友照顾，后来就开始大大咧咧地把它们撇在家里，短则三天、长则半月，最多在中间托亲友来给换一两次水、加点鱼食。它俩一直乐观坚强地活着，没病没灾，不给家人添任何麻烦，被女儿称为"长寿鱼"。

大部分时候，两条小鱼寂静无声，让人感觉不到它们的存在。偶尔的，它们也会激起一点水花，甚至短暂地跃出水面，玩个花式跳水。心情烦躁的时候，看着安静的水面、悠游的小鱼，慢慢就会静下来。据说小鱼只有七秒的记忆，那小鱼是不是时时都觉得自己处身在新的环境？时时都发现面前是个新伙伴？时时都有惊喜？如果人类也只有七秒记忆，会时时为崭新的世界而惊喜，还是时时为陌生的环境而惶惑？

小鱼儿静静地游，日复一日，在我家度过了六个春秋。女儿长大了，从一年级到七年级，从小顽童到亭亭少女，而它们看起来却没有任何变化，体形跟刚来的时候完全一样，时间仿佛在它们身上静止了。

2016 年夏天，我们要到北京去接小狗冰灵，又一次把长寿鱼留在家里。三天后，接到妹妹的消息，她来给鱼儿换水喂食，发现两条小鱼已经西去。心里有点黯然，又有几分不甘，我去网上搜索，发现大部分观点都说，家养金鱼一般寿命就是六七年。这样看来，我们的长寿鱼应该是寿终正寝了。

写了四则养宠记，两则都是以西去告终。所以养护有生命的事物这件事，真的需要强大的心理。生命，既然有，就会无，面对一盆花、一棵草的枯死和面对一条鱼、一只仓鼠、一只小猫或小狗的离去，我等凡俗之人就会有不同的心理波动，但这其实都是生命的离去，本应该没有高低、不分大小，又为何要有情绪的差异呢？

关于狗的记忆

陶妈

其实我是一直反对养狗的，因为小时候关于狗的记忆，伴随了许多的惊慌、恐惧。

小时候那些养狗的人家，除了非常凶猛、有咬人史的狗会拴个铁链外，其他大部分都是散养，土狗居多。那些狗狗们常常三三两两卧在路边，我每次经过的时候都是心惊胆战。

从出生到小学毕业，到我们家的必经之路是一个丁字路口，因为"丁"字的那一竖尽头是一座小庙，所以这个路口俗称小庙堂。有两户姓陈的兄弟，共养了三只大黑狗，再加上它们的狗子朋友，几条大狗每天横卧在这个路口，是我上学的噩梦之一。

那时我们从小学五年级起，就要开始上早自习——5:45 跑操，6:00-7:00 早读，所以我早上 5:30 之前就要上学去。这个时间，就算是夏天，也是天刚蒙蒙亮，冬天更是漆黑一团。我的脚步声在寂静的凌晨，惊醒了狗子们，它们会断断续续吠叫、起身，甚至跟我走几步，我害怕得恨不得即刻飞升，还要装作镇定的模样——因为大人一再教导，看见狗狗不要怕，不要跑，你跑它才追咬，你不怕它，它就怕你。

可是我的脚步飞快，不敢跑起来，就像竞走一样。我还很清楚地记得有一个夏天的早上，我飞快地走，不敢回头、不敢停脚，可是一直感觉后面有脚步声追着我。快要到学校的时候，我几乎感觉到喷着热气的呼吸碰到了我的大腿。巨大的恐惧让我窒息，我甩起手中的书包朝后一挥，"嗷"的一声惨叫，一只黑狗落荒而逃，我也落荒而逃——逃进学校里去了。

后来我爸说，那是邻居家的黑狗小黑（这名字何其简单直接，以至于一叫"小黑"，数条黑狗回望），因为认识我，所以默默地跟我走。可惜我辜负了它一片深情，被我书包中的金属文具盒狠击一次之后，它就再没跟我走过了，大概伤透了心。

可我的噩梦之路还在继续。

上初中的那一年，我们搬了家，新房子在古城墙边。说巧不巧，那几条大狗也搬家到这边来了。我们家在最里边一列，它们在靠路边一排，它们又开始横卧在这条路上，还是我的必经之路。

我不好意思要求父母早上起床送我，只能自己想方设法克服心理障碍了。每天早上出门都暗自祈祷它们或是还在家里，或是游荡到别处了，或是还熟睡着呢，若是应验了，自然是安全通过，感谢上天眷顾；若是没有应验，也只好小心翼翼硬着头皮走过，其实大部分时候它们对我是爱搭不理的，我自己害怕罢了。

可是人最难战胜的就是自己心中的恐惧。

记得有一个冬天的早上，我的恐惧感忽然强烈到无以复加，觉得自己没法踏上那条路，于是决定绕远一点避开狗狗。我没走那条路，而是打算向前多走一段再折出去。我多走的那一段原是田野，最近规划了建房子，所以没有人耕种，荒在那儿。田野中有一些墓地，因为规划了建房子，所以陆续迁走了，留下了一些大坑。很不幸的，我在这个漆黑的冬日凌晨，为了躲避路上的狗，掉进了荒野中的坟坑！

脚下一空的刹那，我就知道是怎么回事了。作为一名好学生，我脑中并没有对鬼神的惧怕，更担心的是上学迟到。手脚并用地爬出来（坑不陡，有缓坡），一边拍土一边疾走，一边恼恨那些挡我路的狗子，一边发愁以后的日子。

所幸，后来我找到了两位同路的同学，从此可以结伴而行。

所以，有这样的记忆伴随的我，怎么会同意养小狗呢？

没想到今天，冰灵却成了我家的宠物小狗。

中华田园犬和中国农村少年们的不幸

——谨以此文献给我们亲爱的黄阿狗

陶爸

上个月下旬，我答应给女儿 12 周岁的生日礼物定下来了。礼物是一只白色的小博美，暂安置在北京朋友家里。这是一只出生才 3 个月的小母狗，担心她太小受不了有氧舱托运，我们决定一家三口自驾去北京把它接回上海。

不想安排得太赶，去程先后在日照和天津歇了两晚。但孩子的心早就飞到了小狗身边，她只嫌爸爸车开得太慢，一会就要把小脑袋探到前排来看看导航显示的剩余里程。

"我终于有了一只白色的、小小的、可以抱在怀里的小女狗啦！"

这个小姑娘一路反复念叨。

车越靠近北京城，她的心跳得越快。等到车到朋友家楼下，从电梯出来，走到楼道里，隔着防盗门听到小狗的叫声，她已经泪流满面了。

女儿并不知道，三十多年前，她爸我也为小狗流过不知道多少眼泪。

现在回想起来，我小时候流的眼泪，一半因为被揍（绝大部分是被父亲揍，少部分是被哥哥揍），一半是因为土狗。

已经记不清童年的我养过多少只土狗了，就是众所周知的中华田园犬。

小奶狗时期，是中华田园犬一生中最可爱也最幸福的时候。在我看来，把现在所有用来形容可爱的网络语言，比如萌啊、蠢萌啊等等都用在它们身上，都难以形容其万一。

刚出生的小土狗，脚掌是红色的肉垫，在几个月后才慢慢变成黑色。眼睛是闭着的，要半个月左右才睁开眼睛。所以它们走路都是左摇右摆、跌跌撞撞。

小土狗吃奶是靠嗅觉和触觉，用小脑袋瓜去乱撞狗妈妈的乳房，撞到了就一口叼住不放。最壮观的时候，你能看到不胜其扰的狗妈妈起身挪地方，舍不得松开奶头的小奶狗成排吊在妈妈肚皮底下。

我女儿一定要博美这种小型犬，她也喜欢拉布拉多和金毛这种大狗，但总觉得没法抱在怀里。她并不知道，她爸爸我小时候养的土狗，其实也都是小土狗，只有两只幸运地避免夭折，长成了威武雄壮的大狗。

但等待大狗的命运并不会太好。在中国广袤的乡村里，几乎每一只田园犬的命运都不会太好。在它们从小奶狗长成大狗的过程中，通常有以下几种结果：

1. 失踪

2. 被毒死

3. 被车撞死

4. 变成狗肉

我出生于 20 世纪 70 年代初，也就是说，我和小土狗的童年记忆，基本在大集体的尾声结束、家庭联产承包责任制伊始之时。

这是个稍显特殊的年代，生产单元突然由只管挣工分的生产队分散到各家各户，从育秧播种到收割上仓，每个环节都得自己打理。

其中很重要的一个变化是，农药、老鼠药和化肥等生产资料，由此前从供销社到生产队这种被严格控制的闭环，直接进入家庭，被自由支配。

这个变化注定了我的小狗遭遇上述第二种命运：被毒死——要么是吃了被毒死的老鼠造成二次中毒，要么是直接误食了毒饵。

被毒死的小狗和喝农药自杀的农妇，是我童年最常看到的两类悲剧。甲胺磷和呋喃丹这种剧毒农药的名字，至今留在我的记忆中。

本来活蹦乱跳的小狗，突然发狂般上蹿下跳、悲鸣不已，那就预示着这场悲剧即将上演。那时的我只能流着眼泪把垂死的小狗抱在怀里，等父亲来给它灌硫酸铜溶液。

做化学教师的父亲说硫酸铜能解毒。他给同样误食了毒饵的家禽们动过外科手术，将嗉囊用菜刀割开，掏出毒饵，再用缝衣针缝上，基本都能救回来。

但对我怀里垂死的小狗，一向全能的父亲从来都没成功过。

这真是伤心的往事。

失踪几乎是和被毒死同样正常的逻辑。被嫉恨它的村人偷偷打死，被贪婪的路人或者乞丐抓走，或者索性就不知所终地辗转于某条沟壑，在千呼万唤始终杳无音信、眼泪快流干之后，好几条小狗就这么从它小主人的视野与记忆里慢慢消失了。

对于公路附近乡村的土狗来说，被汽车撞死在公路上，已经成为一种越来越常见的命运。它们不像城市狗那样见多识广，知道躲避这种钢铁怪兽，也不像宠物狗那样，有主人百般呵护，牵着过马路。

十几年前，在武汉出差，去天河机场的路上，看到一只小土狗在快车道上拼命昂起上半身叫唤，它的下半身已经变成薄薄的一层，紧贴在混凝土路面上，眼泪顿时下来了。这悲惨的一幕一直留在我的记忆里。

第 4 种结果需要做一番解释。这里的变成狗肉，仅指变成

主人餐桌上的狗肉。变成狗肉的情形有两种，一是相当一部分农人是把土狗视为菜狗来养的，养狗如养猪，养大了就该杀了吃了。还有些嗜好吃未成年的小土狗，觉得肉嘟嘟的营养好，适合做狗肉火锅，"狗肉炖粉皮最好吃"。

另外一种比较特别的情形是，农村养狗，即便不准备当菜狗来养，如果这狗在看家护院的基本职能上发挥过度，有过勇猛的咬伤人前科，那么悲惨的下场基本就注定了。

即便看伤赔钱的善后事宜处理完，要求主人正法的呼声也绝不会断。即便苦主不提，中间人也会前来做各种委婉或直接的提醒。

土狗看家护院是做做样子的，不能让它真的去咬人。咬伤了人你要是还不正法，就是狗仗人势了，就是自外于乡村社会这个人情关系圈了。

"狡兔死，走狗烹"，这是耳熟能详的中国政治逻辑。"咬了人，就得死"，这是中华田园犬的宿命，也是中国不少地方的乡土逻辑。

我小时候养的第二条小狗，侥幸长成了一头凶猛的大狗，凶性大发狂吠前冲时，全家只有我一个人能喊住它。

这头凶猛的大狗在咬伤了两个人之后（一个是前来串门的邻居，另一个是在地坪里和同学聊天的三姐，从屋里窜出的大狗黑暗中搞错了对象，居然一口叼住了三姐的左脚），终于难逃乡土逻辑的土狗宿命。

趁我上学的时候，父母找人把它吊死了。

放学回家后，我看到心爱的大狗狗已经开膛破肚，四肢趴在熊熊燃烧的铁架子上，邻居大叔正在钳毛，这是加工成狗肉的第一道工序。

伤心和大哭大叫自然是难免的，但给我留下深刻印象的始终是熊熊大火上它张开大嘴的样子。我想被主人勒死的不解与窒息的痛苦肯定都铸进了它最后这个表情上。

我的这条好不容易养大的大狗没有留下名字，在乡村，土狗基本都没有名字。

最常见的，会根据它的毛色叫一声黑狗、黄狗和白狗。还有一种头部乌黑迥异于其他区域毛色，看上去贼头贼脑，仿佛刚刚从灶膛里偷食回来，我们习惯叫它乌嘴狗。

我女儿给这只千里外接回来的小博美取名为"冰灵"。本来还想叫"幻飞冰灵"，考虑到身为湖南人的爸爸的坚决反对以及威胁（我说你要么取个简单的名字，要么得容忍爸爸直接叫它饭飞饼），她最后截掉了前面两个拗口的字。

总之，她对它前任主人取的名字很不满意，那个名字叫"美味"，听下来仿佛在预示着一只地道菜狗的未来。

我没有跟女儿去讲述过爸爸和小土狗的悲惨故事，我担心她完全无法理解也无法接受。回到上海以后，她连我对小冰灵说话的声音大了一点都不高兴。她自己和小冰灵说话时，总是要跪在地上，一副温柔的模样。

她在客厅搂着冰灵打滚的时候，我正在和我的几个好友聊我们的童年与小土狗的故事。我发现大家都因为曾经历过自己养的土狗被吊杀，成为终身不食狗肉者。

在岷江边长大的乐山，回忆他与小狗隔江对望的凄惨故事，自己养大的小狗最后被迫送人，而新主人家在岷江对岸。

常常有狗从新家历尽艰险跑回老主人家的感人故事，但大江阻隔，少年乐山的土狗是永无可能凭一狗之力跑回小主人身边的，只能人狗常跑到江边隔江相望，以慰思念。

江西少年阿修罗天，其老家和我老家相隔不到一百公里，他和我一样经历了与小土狗的爱与痛。他给自己取的 ID 就叫黄阿狗。大概因为土狗中最常见的毛色就是黄色，都叫黄阿狗，没有叫白阿狗、灰阿狗的。

也奇怪，几乎所有文艺作品中，土狗的代言人仿佛都是黄阿狗。电影《那山那人那狗》中是一条黄阿狗。30年前风靡一时的《少林寺》里，牧羊女那条被觉远偷吃了的牧羊犬也是一条黄阿狗。

我们这些出身乡村的人，童年与小土狗的经历都有相似处，我们把我们的童年和少年与小土狗的伤心命运绑在一起了。

更伤心的是，30年以后，这些状况其实并无多大改变。唯一的不同是，以前是被农药零星毒死，直接葬身。现在是被毒弩成批射中，出现在城里人的餐桌上。

如乐山所说，动物保护归根到底是照顾人的情感、照顾人作为高等动物的一种精神需求，而非万物平等。

而乡村少年与土狗的情感，更是单纯的快乐与心酸的回忆。那里有最适合土狗的青山绿水，也有随时让它们顷刻丧命的步步杀机。

土狗也不可能有冰灵的玩具和狗粮，它们的食物来源，除主妇的早晚投食之外，只能去野外觅食或吃屎。

在冰灵到来之前，女儿养过仓鼠、金鱼、兔子、蜗牛、春蚕，直到现在还养着乌龟。为了养蚕，她坚决反对我砍掉院子里的那棵桑树，以致现在二楼邻居可以直接在树杈上晾衣服了。

总之在她眼里，家里就应该是一个热热闹闹的动物园。她唯一纠结的是冰灵在这个家庭里的辈分。她想把冰灵当女儿，然后表弟就是舅舅，又担心爸爸妈妈变成了姥姥姥爷，她姥姥

姥爷变成了老姥姥姥老姥爷会不会太显老。

　　女儿确实无法理解她爸爸的这种童年故事，她永远无法将"一只白色的、小小的、可以抱在怀里的小女狗"，跟一只同样活泼可爱但随时可能失踪、毒死、被撞死和端上餐桌的小土狗联系在一起。

　　她也许更难理解，即便是现在，中华田园犬们的命运也和30年前并无二致。

绿叶黄阿狗，红花沈冰灵

陶爸

　　陶陶这段时间上补习班，距离家不远。快放学时，陶妈总喜欢带上冰灵一起去接她。

　　每次只要冲它吆喝一声："走，接陶陶去。"冰灵仿佛能听懂似的，立即跳起来，兴高采烈地冲到门口，等着给它系牵引绳，一出门就熟门熟路，"吧嗒吧嗒"冲着补习班的方向一溜小跑，到楼下就地一蹲，也不上楼，呆呆地看着高高的台阶，等小主人的身影一出现，立即跳起来，尾巴摇得跟小风车似的，两只小耳朵紧贴在后脑勺上，仿佛一只小海豚，屡屡往前扑，把牵引绳拽得嘎嘣作响。

　　这个小主人也跌跌撞撞地三步并作两步滚下楼梯，一边嘴里念叨"等一下下，等一下下，冰灵等我一下下"，一边就地一坐，手忙脚乱地放下手里的书本、水壶。这时小冰灵已经迫不及待地跳到她怀里了，仰着头伸着小舌头拼命来舔小主人的脸蛋。

幸福的小主人也陶醉地把脸蛋紧紧贴在小狗身上，嘟着小嘴作亲嘴状，喃喃念叨"我的狗肉冰呀，冰狗坨呀"。两个小东西滚做一团，半晌才从地上爬起来。

平时在家里，门铃就是信号。门铃一响，它知道主人回来了，一定会第一时间冲到门口，同样作小海豚状，先冲到院子里左冲右突吆喝几声，向墙头的猫们、顶棚上的鸽子们骄傲地宣示我主人回来了，然后又迅速冲回客厅，等待小主人在沙发上坐定，几个箭步跨过食盆，跳上跑步机，直接窜到小主人怀里——这是陶陶和冰灵每天都要上演的戏目，这也是为什么每次陶陶放学就一定急着赶回来不愿意再去其他地方的原因。她不愿意错过这个游戏上演的正常时间，更不愿意让她的小伙伴苦等她。

这时我总会想起我的童年，每次放学回家，远远听到脚步声，我的黄阿狗也一定会早早从家里冲出来，窜出槽门，穿过竹林，一路小跑，冲到尹家塘畔来迎接它的小主人。

区别在于，我的黄阿狗体型要比小冰灵大得多，一般不会冲到我怀里来。腼腆的乡村男孩子也做不出他未来的闺女与小狗的亲昵动作，多半只是开心地吆喝一声，拍拍它的脑门，再在它背上挠几下，然后一人一狗就快活地往家里进发了。

这种简短的欢迎仪式，带着显著的乡村特点，内敛而低调，朴实而粗糙。

同样是兴高采烈陪伴小主人回家的黄阿狗，也很少会规规矩矩地陪在小主人身边，多半会前窜后窜，一会儿对草丛里一堆常见的牛屎突然产生兴趣，一会儿又被田头探头探脑的田鼠吸引着边狂叫边直扑过去。

我们父女俩都爱看金庸小说。《侠客行》里，石破天在多年以后回家见到阿黄的情形，基本也就是这样。少年石破天和少年陶爸的小伙伴尽管和小主人的关系一定都是一家人里最亲昵的那一对，但狗狗一定不会逾越必要的分寸，不会有冰灵这种不管不顾还有几分无赖的亲热劲儿。

童年的另一个记忆可供佐证。少年陶爸被安排得最多的一个活儿是去屠栈买肉，那多半是家里来了客人的时候，我们一般叫称肉。那时没有一次性塑料袋，也不会有其他奢侈的包装，顾客要买多少肉，屠夫一刀斩下，上秤一称，扯几根稻草拦腰一缠，反手一抽一系，留出一个活襻，正好供顾客手提。

少年陶爸个子矮，提着这串肉走回家，一抖一抖都快拖到地上。快活的黄阿狗也就陪伴在身边，一路小跑，护卫着小主人回家，不但不会觊觎近在眼前的美味，反倒像是忠心耿耿的保镖。这也是它们最爱干的活儿了，它们知道真正属于它们的份额和奖赏，是主人饱食之后剩下的骨头，那一定跑不了。

与之相反，每次从超市回来，冰灵会从进门那一刻起就准确地捕捉到属于它的美食气味，会围着主人手提的大包小包打转，会拿小鼻子隔着塑料袋努力辨别，会从门厅一直跟到厨房，不拿到它心仪的美味不罢休。

每次它衔到美食后，就会立即跑出厨房，穿过客厅，顶开专为它设计的小门帘，颠着小碎步一路跑到院子里，跑到专属于它的小垫子上，充满安全感地放下食物，两只小爪子把它扒拉在中间一左一右固定住，这才开始心满意足地赏用。我和陶妈总会感叹，毫不怀疑自己又养了个小闺女，而且是比它姐姐更娇气、更天真，更不依不饶，甚至恃宠而骄，不达目的不罢休。而我们比对它姐姐更无可奈何。

在童年陶爸的记忆里，黄阿狗会准确地定位自己在家庭中的角色。它们明白自己只是天然的配角，仿佛《白鹿原》里的鹿三对自己在白嘉轩家族的自我定位，忠心耿耿地看家护院是第一天职，和主人互动只是本分的情感交流。

黄阿狗甚至能准确地甄别出家庭成员的关系，小主人永远是最好的朋友，永远亲密无间，偶尔也可以放肆一下。主妇是食物的主要来源，但随时可能会翻脸呵斥，所以敬而远之。男主人作为一家之主，是短促有力的命令的主要发出者，偶尔也会向其他人炫耀自家狗的肯看家和听招呼，不乱咬人和不乱吃东西，这时一定要表现出相应的威猛与乖顺。即便听到粗鲁的男主人夸耀狗肉好吃，甚至开始讨论何时打狗吃肉的时候，也得掩饰住本能的恐惧，表现出作为行货应有的糊涂来。

小冰灵也会准确地甄别出家庭成员的分量。它同样知道小主人永远是最好的朋友，也知道主妇是食物的主要来源，但它知道主妇也疼小主人，所以会加倍地疼她；它还知道最无足轻重的其实是男主人，因为在小主人的眼里，男主人的地位未必有它高。

它当然知道，不仅因为它自己，也因为小主人的存在，它似乎获得了家庭关系中更平等的层级，更多的情感份额。

但它们几乎没有自己的娘家——这是黄阿狗和沈冰灵都遗憾的地方。3个月大时离开北京，离开妈妈壮壮与姐姐毛毛，冰灵便再没有见过它们，不知它的记忆中可有思念？每次看到壮壮和毛毛相携出行、相亲相爱的样子，我心里便不免对冰灵多了几分疼惜。

相比于陶爸一代的黄阿狗们，沈冰灵们拥有自己的名字、身份、称谓和地位，从栖息于院子角落、大门口的一隅土地，到登堂入室、酣卧于精致绵软的窝；从矫健裸奔，到娇俏的花衣；从流连于主人饭桌下等待肉骨剩饭，到自己专用的狗粮、零食、开胃狗饼干……沈冰灵一步一步走进我们家里，走进我们心里。在它小小的心灵里，也早已不把自己定位为配角，而是当之无愧的家庭一员。所以你看，门铃一响，它也迫不及待地要去接待客人了！

因为有你

陶陶

　　第一次见到你，你还很小，但一点都不认生，和你的姐姐毛毛、妈妈壮壮一起向我跑过来。我蹲下，你就摇着尾巴跑到我面前，右爪轻轻搭在我腿上，然后便轻松地站起来，扒着我的腿献殷勤。霸道的毛毛立刻跑来，"汪汪"叫着把你踩在脚下，抢夺我的爱抚。从那一刻起，我就决定要选择你。

　　那是去北京接你的时候。在去接你的路上，爸爸告诉我，博美妈妈壮壮生宝宝了，现在在爸爸一个朋友家，我可以从你和你姐姐中挑一只带回家养。一见到你，我就知道，你就是我从小盼到大而现在终于等到的那一只小狗。我知道我要的就是你，我也知道自己很久以前就取好的名字该用在你身上。我毫不犹豫地把你小心地抱起来，大声说，"我们带它走吧"。爸爸的朋友笑笑，告诉我，你身体比较弱，也比较害羞，但我知道我要养的小狗就是你了。只能是你了。

毛毛嫉妒地扒着我的腿，你一副受宠若惊的样子，在我怀里安静地躺着，伸出舌头舔我的手、舔我的鼻子。我看着你肉乎乎的、柔软的、毛茸茸的小身体，我知道我已经爱上你了。返程的时候，我一直抱着你，只过了两三天，我们便已经非常信任彼此了。还记得我把你放在那个紫色的宠物包里，你很快就困了，缩到包里睡起觉来的时候，妈妈说，想让你探头出来好让她拍张照，我便把手伸进漆黑的包口拍拍你。妈妈吓了一跳，问我怎么不害怕，你说她傻不傻？你怎么会咬我呢？这是不可能的事，就像我也不可能想伤害你才把你捞出来一样。

回到上海，你嗅着新家的气味，在家里四处乱走，还在客厅撒了一泡尿，把妈妈气坏了。渐渐的，你长大了些，也胆大了些。你开始乱跑，一到饭点就站起来扒人大腿讨食吃。照顾你的时候，我感觉我有了一个调皮的女儿，这个女儿最爱我了。我也最爱你了。我知道，我和妈妈是你最珍贵的，因为我们是你的"妈妈"。

渐渐的，我发现自己变了，无论什么时候都轻手轻脚怕吵你，于是做什么事都变得小心仔细起来。你成了我的世界的中心。妈妈说，我变得细心了，成熟了，但她不知道是你让我变成这样的。你让我明白了专一的含义、不离不弃的意义，教会了我负责任。我必须这样，为了让你更爱我，为了让你有更好的生活。

没有你的生活我已经无法想象，今后的日子，有你的陪伴，我倍感幸福。

因为有你，我成了现在的我。

附录：动物组诗

2013 年 7 月，小学三年级的暑假，我去北京看爸爸。因为北京太大了，天气又热，我不喜欢妈妈带着我出去参观，所以就用白纸自己钉了一个本子，写了一些动物的诗。后来，我们回家了，我也忘了它们。

一年以后，爸爸搬家，收拾东西时发现了我的"诗集"，他就留在了身边，我才又看到了它们，然后，我也觉得，还挺好玩的。

快乐

你说，快乐是什么

我说，快乐是巢建在安全的地方

是阳光照在老三身上

它的笑容

是被猎人抓住后的

逃脱

是听见孩子没出来

却发现它就在自己身边

那一瞬间

我是一只渡渡鸟

我是一只渡渡鸟

我是最后一只渡渡鸟

我看到

我的同类

一只一只倒在猎枪

之下

张着嘴巴

还在惊讶

但是

我心中更惊讶

我的同类这么傻

连危险都不知是啥

我也很傻

我想自杀

却忘了

我是会魔法的渡渡鸟

不死的

砰！

猪傻吗

我是一头猪

一头有思想的猪

我每天思考一个问题

它们说我只是在睡觉

我做出思想者的样子

它们说我是东施效颦

它们也不想想

我思考的问题

与它们都有关系

它们也不跟我一起
思考

猪傻吗？

傻猪

我是傻猪
傻猪有傻福
但是
也常因为傻而呜呜

我看到美猪小花
在哭
我去哄它
问它为啥哭
它说
你——呜呜——真好——呜呜

但我以为
它夸我吹号吹得好

我就吹呀吹

呜呜　呜呜　呜呜

喵呜老鼠

喵呜

是猫吗

不是

是啥啊

是老鼠

吓鼠的老鼠

喵呜老鼠

在老鼠眼中

它很恐怖

它仗着自己能喵呜

逼人家给它食物

一天

它又在喵呜

然后

狗来了

猫来了

鼠国上下一片欢呼

喵呜

怪

我是鼠

它们说我

很怪

它们说我

爱看别人的屁股

说我爱吃青草

怪

说我把跟猫斗

当作消遣

说我总是把食物

捣烂

怪

说我像人一样爱喝着茶

聊天

怪